Tobias Wagner

Death in Brachstedt

Tobias Wagner

DEATH IN BRACHSTEDT

Roman

BELTZ
& Gelberg

Dieses Buch ist erhältlich als:
ISBN 978-3-407-75995-5 Print
ISBN 978-3-407-75996-2 E-Book (EPUB)

© 2025 Beltz & Gelberg
Verlagsgruppe Beltz
Werderstraße 10, 69469 Weinheim
service@beltz.de
Lektorat: Andrea Baron
Neue Rechtschreibung
Umschlaggestaltung: Anke Koopmann
Herstellung: Elisabeth Werner
Satz: publish4you, Roßleben-Wiehe
Druck und Bindung: Beltz Grafische Betriebe, Bad Langensalza
Beltz Grafische Betriebe ist ein Unternehmen mit finanziellem
Klimabeitrag (ID 15985-2104-1001).
Printed in Germany
1 2 3 4 5   28 27 26 25

Weitere Informationen zu unseren Autor:innen und Titeln
finden Sie unter: www.beltz.de

1 - NORA

Auf dem Weg ins Badezimmer sah ich, dass die Wohnungstür offenstand. Im ersten Moment wollte ich sie zuziehen. Dann stellte ich einen Fuß in den Hausflur und lauschte in die Dunkelheit. Das Licht des Korridors fiel zwei Meter ins Treppenhaus. Es war mucksmäuschenstill.

»Hallo-o? Papa-a?« Keine Antwort. Nur das übliche, kurze Echo.

Misstrauisch schloss ich die Tür und begann die Wohnung zu durchsuchen. Dabei achtete ich auf meine Bewegungen. Wie bei einem Versteckspiel. Mit den Augen suchte ich die Räume ab, bevor ich sie betrat. Denn – ohne Scheiß – manchmal hatte Papa so was drauf. Dann erlaubte er sich einen Scherz, den ich nicht auf Anhieb verstand.

Eine Woche vor Ostern und mein Vater plötzlich verschwunden.

Einmal waren wir auf den Aussichtsturm in der Heide gestiegen. Ich stand ganz oben auf der Plattform, eine Hand auf dem Kopf, denn der Wind hätte fast mein Basecap weggeweht, sah hinunter und war fasziniert von den winzigen Menschen auf den winzigen Waldwegen. Im nächsten Moment hörte ich die Stimme meines Vaters. Ein langgezogenes, leiser werdendes »Aaah!«. Nach zwei Sekunden verstummte der Schrei. *Ach du Kacke*, dachte ich, jetzt ist er da runtergefallen! Ich rannte auf der Plattform hin und her und sah panisch über die Brüstung. Aber wie sich herausstellte, war Papa lediglich vier, fünf Stufen der Metalltreppe, die wir hochgekommen waren, nach unten gestiegen, ohne dass ich es bemerkt hatte. Und den Schrei hatte er imitiert, so dass es sich anhörte, als wäre er abgestürzt. Dann haben wir gelacht. Also erstmal mein Vater und später auch ich. Das sind so Späße, die ihm gern einfallen.

In der Küche und im Schlafzimmer suchte ich vergebens. Auf seinem Sessel im Wohnzimmer lag das platt gesessene Sofakissen. Der Fernseher lief. Einen goldenen Stab in der einen, ein dickes Buch in der anderen Hand, sprach der Papst in ein Mikrofon. Sein Gemurmel wurde auf einen riesigen Platz übertragen, auf dem hunderte Menschen in der Sonne standen. Ich nahm die Fernbedienung in die Hand und wollte gerade den roten Knopf drücken, da hörte ich das entfernte Krachen der Haustür. *Vielleicht hat Papa den Müll rausgebracht*, war mein erster Gedanke. Obwohl das reichlich ungewöhnlich wäre, denn das gehörte seit Jahren zu meinen Aufgaben. Ich ging in den Korridor und sah, dass Licht aus dem Hausflur durch die bunten Glasscheiben der Wohnungstür drang. Es folgten Schritte. Dann huschten zwei Schatten an unserer Wohnung vorbei und glitten in eines der oberen Stockwerke. Fehlanzeige. Bestimmt Besuch für die WG über uns. *Da oben geht es zu wie auf dem Bahnhof*, sagt Papa immer.

Nachdem ich die achtzig Quadratmeter unserer Wohnung erfolglos abgesucht hatte, fiel mir ein, weshalb ich mein Zimmer eigentlich verlassen hatte und ging fix ins Bad. Ich setzte mich zum Pinkeln hin und überlegte, was ich als Nächstes tun sollte. Mein Vater war gegangen, und ich hatte keine Ahnung, wohin, und vor allem, wann er wiederkommen würde. Natürlich war ich schon oft allein in unserer Wohnung gewesen. Aber das sprachen wir normalerweise vorher miteinander ab. Falls er verschwunden blieb, müsste ich ihn vermisst melden. Die Polizei würde aber frühestens am nächsten Abend anfangen nach ihm zu suchen. Vierundzwanzig-Stunden-Regel. Das hatte mein Vater mir erklärt, nachdem ich einmal weggelaufen war. Damals hatten wir gestritten, ich weiß nicht mehr warum.

»Die ersten vierundzwanzig Stunden musst du allein klarkommen«, hatte er gesagt. »Solange wartet die Polizei, bis sie beginnt nach einem Vermissten zu suchen.«

Den Anruf bei der Kripo konnte ich mir also sparen. Vorerst jedenfalls. Aber unter keinen Umständen wollte ich rumsitzen und warten. Blieb eigentlich nur, weiter nach ihm zu suchen. In meiner Hand war noch die Fernbedienung. Ich hielt sie seitlich an meinen Kopf, wie Papa das tat, wenn er einen Scherzanruf bei der Bundesregierung oder dem Finanzamt machte. Ich stellte mir vor, am anderen Ende wären Nora Tschirner und ihr Tatortkollege. Jeden Sonntagabend ertönte pünktlich um 20:15 Uhr in unserem Wohnzimmer die Titelmelodie des *Tatorts*. Ich fand diese Krimis ultralangweilig. Nur wenn Nora Tschirner und Christian Ulmen ermittelten, dann setzte ich mich dazu. Das waren die einzigen Kommissare, die mir gefielen.

»Er taucht bestimmt wieder auf«, sagte Nora. »Vielleicht holt er nur Zigaretten.«

»Er ist Nichtraucher«, sagte ich.

»Oder er besucht einen Freund«, überlegte sie laut. »Hast du mal versucht ihn anzurufen?«

»Er hat kein Handy«, erwiderte ich. »In der Hinsicht ist er altmodisch.«

Der echten Nora Tschirner waren wir sogar schon begegnet, mein Vater und ich. Im Sommerurlaub voriges Jahr, in einer Fischerstube an der Ostsee. Da hatte sie mit ihrer Tochter am Nebentisch gesessen. Wie ganz normale Leute. Ich hatte mich über meinen Teller gebeugt, mit dem Kopf in ihre Richtung gedeutet und Papa zugeflüstert, er solle mal unauffällig rüberschauen. »Was meinst du?«, fragte er stirnrunzelnd, nachdem er sich umgesehen hatte. »Na, da – Nora Tschirner«, presste ich so leise wie möglich und so laut wie nötig hervor. Mein Vater hatte mich daraufhin angesehen, als hätte ich gesagt, drei plus drei macht sieben.

»Gibt es einen anderen Ort, an dem er sich gern aufhält?«, fragte Nora am anderen Ende der Leitung.

»Keine Ahnung«, sagte ich und betrachtete die Fernbedienung, als wüsste sie mehr als ich. »In letzter Zeit verhält er sich oft merkwürdig. Moment! Vielleicht ist er im Park.«

Ich sprang von der Toilette auf, zottelte meine Hose hoch und drückte die Spülung. Während des Händewaschens betrachtete ich mein Gesicht im Spiegel. Eine Fliege lief quer über mein Spiegelbild und blieb in der Ecke links oben sitzen, als wartete sie darauf, was als Nächstes passiert. Was, wenn Papa ernsthaft etwas zugestoßen ist? Vielleicht wurde er entführt? Immerhin hatte die Wohnungstür offen gestanden. War das ein Zeichen? Negativ, dachte ich, so was passiert nur im Film. Aber es ließ sich nicht leugnen. Ich hatte keine Ahnung, wo mein Vater steckte. Sicher war nur, dass er sich nicht in unserer Wohnung aufhielt. Alle anderen Orte kamen theoretisch infrage. Ich spritzte mir kaltes Wasser ins Gesicht. Dann nahm ich den Schlüssel vom Schuhregal und verließ das Haus.

2 - MARSJAHR

Es war Sonntagabend, kurz vor acht, kurz vor *Tatort*. Die kleine Batterie oben rechts im Display meines Telefons zeigte siebzehn Prozent. Ich lief in der Dämmerung durch unsere Straße an einer langen Reihe geparkter Autos entlang. In den Fenstern der Häuser flackerte das Blaulicht der Fernseher. Ganz oben am Himmel zogen Schwalben wie kleine, schwarze Pfeilspitzen ihre Bahnen. Auch bei Familie Saubermann brannte Licht. Bestimmt saßen sie alle vor der Glotze. Saubermann war nicht ihr richtiger Name. Ich hatte ihn mir ausgedacht, nachdem ich sie eine Weile mit Papas Fernglas beobachtet hatte. Im Vorbeigehen blitzten in einem Kellerfenster die Streifen meiner Turnschuhe auf, darüber die kurze Hose. Es war ungewöhnlich warm. Als wollte das Jahr den Frühling überspringen und gleich vom Winter in den Sommer übergehen. »Wir erleben eine historische Anomalie in Sachen Klima«, hatte die Wittich, unsere Klassenlehrerin, am letzten Schultag vor den Ferien erklärt. »Einen Rekordmonat, sagen die Experten.« Seit Beginn der Wetteraufzeichnungen habe es keinen so heißen März mehr gegeben. Tatsächlich war es seit zwei Wochen so warm, dass manche Biergärten vorzeitig geöffnet hatten. Und auf dem Schulhof standen die Jungs in kurzen Hosen und prahlten damit, dass sie schon im Heidesee *anbaden* waren. Ich lief die menschenleere Straße entlang, googelte währenddessen und erfuhr, dass Meteorologen sogar das Wetter auf dem Mars beobachteten und protokollierten. *Hat das Marsjahr auch einen März?*

Hinter dem mit Baugerüsten verkleideten Haus am Ende der Straße ging die Sonne unter. Ich bog nach rechts ab und überquerte einen Zebrastreifen. Die Dämmerung war fast unmerklich der Dunkelheit gewichen. Die Häuser und Autos verloren ihre Farben. Am Spielplatz hinter der Steinmühlenbrücke nahm ich den Weg zur Schleuse, holte mein Telefon erneut hervor und leuchtete mit dem Display auf den Weg vor meinen Füßen. In der Ferne schlug eine Kirchturmglocke acht Mal. Normalerweise saß Papa um diese Zeit vor dem Fernseher und sah sich die Tagesschau an. Nach zweihundert Metern schlug ich mich quer durch die Büsche zum Flussufer. Dort gab es eine Fläche, die frei von Bäumen und Sträuchern war. Ich setzte mich mit dem Rücken an einen breiten Stamm am Rand der kleinen Lichtung, streckte die Beine aus und verstaute mein Handy umständlich in der Hosentasche. Genau an dieser Stelle hatte mein Vater Anfang des Jahres gestanden. Während unseres Neujahrsspaziergangs, auf den Papa nach wie vor bestand, hatte er mich auf die Lichtung geführt und erklärt, er fände es »phänomenal« hier und käme öfter her, um den Fluss und die Tiere zu beobachten. Und übrigens, ein Freund hätte ihm ein Geldgeschenk gemacht. Wir müssten uns ab sofort keine Sorgen mehr machen. Ich hatte noch nie Geldsorgen und fand das alles reichlich merkwürdig damals. Nein, was mich irritierte war die Art, *wie* er das sagte. Er hatte mich angesehen, als hätte er mir noch mehr mitzuteilen. Als wäre da noch etwas. Aber es kam nichts. Als hätte er schlicht vergessen, was er sagen wollte.

Hinter dem Baum, an dem ich lehnte, machte der Wasserlauf eine Biegung und verlor sich weiter hinten unter der Brücke am Eingang des Parks. Vom Weg aus konnte man dieses Versteck nicht sehen. In diesem Moment fiel mir ein, wen ich längst hätte anrufen sollen. Ich holte das Telefon hervor. Noch vierzehn Prozent. Ich wählte eine Nummer.

»Ja?«

»Ich bin's«, sagte ich und hob einen Zweig vom Boden auf. »Papa ist weg. Im Ernst, er hat die Wohnung verlassen, ohne ein Wort.«

»Leo? Er ist bei mir, es geht ihm gut«, sagte Tante Lisa. »Ich habe schon versucht, dich zu erreichen. Hast du eine neue Nummer?« Tante Lisa ist Papas Schwester. Sie ist Bibliothekarin an der Uni, wohnt im Süden der Stadt und sie hat eine Katze namens Polli. Sie ist nicht nur an Weihnachten und den Geburtstagen mit den besten Geschenken am Start, sondern immer, wenn man sie braucht.

»Ach was«, sagte ich und begann die kleinen Blätter des Zweiges abzuzupfen. In diesem Moment hätte mir ein Stein vom Herzen fallen sollen, wie man so schön sagt. Stattdessen stellte sich ein eher mulmiges Gefühl ein. Und ich wurde wütend. Was waren denn das für Methoden? Ausreißen und nicht Bescheid geben! Mein Vater war eigentlich ganz okay. Wir kamen gut zurecht. Aber für seine jüngsten Eskapaden fehlten mir die Worte. »Ja, neue Nummer«, sagte ich grimmig.

»Wolfgang hat plötzlich durchs Fenster geschaut«, erzählte Tante Lisa. »Ich habe mich vielleicht erschrocken. Ich glaube, er ist mit der Bahn gekommen.«

»Was hat er denn gesagt? Ich meine, warum ist er zu dir gefahren, ohne mir Bescheid zu sagen?«, fragte ich. »Sonntagabend sitzt er normalerweise vor dem Fernseher.«

»Das habe ich ihn auch gefragt, aber er stand nur da und sagte nichts. Ich habe ihn reingelassen und Tee gemacht. Jetzt schauen wir Tatort.«

»Tante Lisa, mein Akku ist gleich leer.« Ich steckte ein Ende des Zweiges in die Öffnung einer leeren Coladose.

»Was machen wir denn jetzt?«, fragte sie. »So geht das nicht. Das ist mir zu abenteuerlich, wenn Wolfgang umherirrt und keiner weiß, wo er ist. Und du kannst dich nicht um ihn kümmern. Du musst lernen.«

»Ja«, sagte ich.

»Du lernst doch? Für Mathe?«

»Ja, sicher.«

»Mir wäre wohler, wenn Wolfgang erstmal hierbleibt«, sagte sie. »Morgen gehe ich mit ihm zu Doktor Pilz. Wir können dich so lange allein lassen?«

»Morgen geht nicht«, erwiderte ich.

»Was meinst du?«, sagte sie. »Du hast doch Ferien.«

»Ja, aber du kannst morgen nicht zu Doktor Pilz.« Ich schleuderte die Dose im hohen Bogen Richtung Fluss, wo sie aufs Wasser patschte. Vielleicht schafft sie es bis zur Elbe, dachte ich, und später in die Nordsee und immer weiter. »Die Praxis ist montags geschlossen. Erst am Dienstag …«

»Wir machen es anders«, unterbrach sie mich. »Wolfgang bleibt vorerst bei mir. Und übermorgen gehen wir zu Doktor Pilz.« Sie müsse zwar zur Uni, sprach sie weiter, da sei zurzeit die Hölle los wegen der Abschlussprüfungen, sie habe auch so einen Pfeifton im linken Ohr, wie jedes Jahr um diese Zeit. Aber egal, ich solle sie in den nächsten Tagen besuchen kommen, sie wolle mich sehen, damit sie sicher sei, dass alles in Ordnung ist. Dann würde sie mir auch etwas Geld geben.

Ob ich bis dahin zurechtkäme?

»Sicher«, sagte ich. »Kein Problem.«

Zehn Sekunden blieb es still in der Leitung. »Welches Problem? Leo?«, rief Tante Lisa. »Du warst kurz weg.«

»Kein Problem«, sagte ich laut, klemmte das Telefon zwischen Schulter und Ohr und zerbrach den Zweig. »Nur mein Akku!«

»Sag mal, lässt er noch Bananen herumliegen?«, fragte sie.

Es hatte tatsächlich mit Bananen angefangen. Das war das erste, was mich irritiert hatte. Mein Vater ließ eine Zeit lang überall in unserer Wohnung Bananen herumliegen. Keine Äpfel oder Kiwis oder Melonen oder weiß der Geier. Ausschließlich Bananen. Zur Hälfte geschält, ein-, zweimal abgebissen und irgendwo hingelegt. Aufs Schuhregal oder neben den Fernseher, oder auf den Waschbeckenrand. Aber das hatte so plötzlich aufgehört, wie es begonnen hatte.

»Nein, keine Bananen zurzeit«, sagte ich.

»Gut, dann sehen wir uns.« Tante Lisa summte zwischen den Sätzen. Das tat sie, wenn sie nervös war. »Hörst du? Safe the date.«

»Safe the date?« Ich hob die Augenbrauen.

»Das sagt ihr doch heutzutage?«

»Nope«, sagte ich.

»Na gut. Ich verlasse mich auf dich.«

»Geht klar«, sagte ich und blickte eine Weile auf das helle Display des Telefons. Danach brauchten meine Augen einige Sekunden, bis sich die Umrisse der Bäume wieder gegen den Nachthimmel abzeichneten. Ich wählte erneut den Notruf.

»Ja?«, sagte Noras Stimme.

»Ich nochmal. Meinem Vater geht es gut. Er … ist bei meiner Tante.«

»Alles klaro«, sagte Nora. »Was wirst du jetzt machen?«

»Ich weiß nicht«, sagte ich.

»Solltest du nicht lieber nach Hause gehen?« Sie klang besorgt. »Das ist doch sicher gruselig, nachts allein im Park?«

»Bisher nicht«, antwortete ich und sah mich um. Die Äste der Bäume, die meisten waren kahl, ragten steil in das Schwarz des Himmels, als zeigten sie auf einen bestimmten Punkt. Vereinzelt funkelten Sterne, irgendwo quakten Frösche. Die Vögel schienen zu schlafen oder hatten sich versteckt, jedenfalls waren da nur die Frösche. Hier und da schwebten kleine Insektenschwärme. Papa sagt, die meisten Lichtpunkte am Nachthimmel wären Sonnen und unserer ähnlich, nur die Größen variierten. Außerdem lebten Sonnen nicht ewig, sondern starben, wenn alles, was an ihnen glühen konnte, verglüht war. Auch unser Stern würde eines Tages erschöpft sein und aus ihm würde ein Roter Riese und danach ein Weißer Zwerg werden. Aber das war noch lange hin. Jetzt lag erstmal eine Woche Ferien vor mir. Die Umstände waren zwar sonderbar, aber ich hatte die Wohnung für mich und konnte tun und lassen, was ich wollte. So ähnlich musste sich Maik Klingenberg gefühlt haben. Oder die Jungs in *Stand by me*, meinem Lieblingsfilm. Da schlug erneut die Kirchturmglocke, neun oder zehn Mal, ich hatte mich verzählt. Ich war müde und dachte an Papa, wie er in Tante Lisas Gästezimmer lag, nicht schlafen konnte und grübelte. Bestimmt sprang Polli zu ihm aufs Bett und er jagte sie runter oder warf etwas nach ihr. Papa mag Polli nicht, weil sie ihn einmal, als sie noch jünger war, aus dem Hinterhalt angesprungen und die Beine zerkratzt hatte.

Und aus irgendeinem Grund blieb ich noch lange sitzen, schaute zu den Sternen und irgendwann schlief ich ein.

3 - DAS MIT DEM AUTO

Im Morgengrauen weckte mich ein Geräusch von Blätterraschelnln. Darunter mischte sich ein Schnaufen oder Grunzen. Ich saß noch mit dem Rücken am Baum, war nur zusammengesunken, und starrte in die Richtung, aus der die tierischen Laute kamen. Mit einem Mal sprang ein Hund aus dem Gebüsch. Er war groß und hatte helles, glänzendes Fell. Wie der Retriever von Saubermanns. Als er mich bemerkte, legte er seinen Kopf tiefer, knurrte und kam auf mich zu. Ohne ihn aus den Augen zu lassen, suchten meine Hände auf dem Boden nach einem Ast oder Stein, obwohl ich nicht wusste, was ich damit anfangen sollte. Im nächsten Moment drang eine strenge Stimme vom Spielplatz durch die Büsche. Eine Frau rief: »Mika!« oder »Mischa!« Nachdem der Hund das Rufen gehört hatte, verdrehte er die Augen und sein Knurren verwandelte sich in ein Winseln. Er stellte sich auf die Hinterbeine wie ein scheuendes Pferd und galoppierte davon.

Langsam kroch Licht zwischen den Sträuchern hindurch. Es war trübes Licht und zugleich hell und freundlich. Ich ging zum Pinkeln ans Wasser. Auf der anderen Seite des Flusses stand ein seltsames Haus. Es hatte die Form eines Würfels und ragte ein Stück über das Ufer hinaus. Hinter einer Glasfront stand eine Frau und sah zu mir herunter. Sie trug ein weites

T-Shirt und trank aus einer Tasse. Sie zeigte mit dem Finger auf mich und sprach in den Raum zu jemandem, den ich nicht sehen konnte.

Hinter mir raschelte es erneut. Aus dem Busch, aus dem der Hund gesprungen war, trat ein Mann. Er bog die Zweige zur Seite wie man einen Vorhang öffnete, bevor man eine Bühne betritt. Er schien mich nicht bemerkt zu haben und öffnete seinen Gürtel. Ich räusperte mich.

»Was zur –«, brummte der Mann, als er mich erblickte. Er hatte eine Zigarette im Mundwinkel und blieb einige Sekunden reglos stehen. Auch ich erstarrte. Langsam begann der Mann seine Hände an der Hose zu reiben, als wären sie nass und er wolle sie trocknen.

»Was du hier machst, hab ich gefragt!«, schrie er und schlug sich heftig auf die Oberschenkel.

»Ich … ich muss mal«, stotterte ich.

Mit zusammengekniffenen Augen musterten wir uns. Wie in einem Western sah das aus. Er hatte halblange, braune Haare, trug eine silberne Halskette und ein dunkelblaues T-Shirt. Auf dem Shirt war ein Aufdruck. Dort stand: *Das mit dem Auto ist egal – Hauptsache dir ist nichts passiert*. Die Enden seines Gürtels baumelten an seiner Hose. Ich biss mir auf die Innenseiten meiner Wangen, um ein Lachen zu unterdrücken.

»Hast du mich erschreckt«, blaffte er und stapfte zurück auf den Gehweg.

Ich folgte dem Mann und lief eine Weile hinter ihm her. Ein flacher Nebel lag über den Wiesen rund um die Tennisplätze. Ein Hausmeister kehrte Laub zusammen. Als wir den Park verlassen hatten, wurde es laut. Der Frühverkehr hatte eingesetzt. Langsam erwachte die Stadt. Vor uns rumpelte ein Müllauto über die Straße. Von weit weg schrie ein Kind. Einmal blieb der T-Shirt-Mann stehen und zündete sich eine Zigarette an. Dabei schwankte er ganz leicht wie ein Grashalm im Wind. Zwei Minuten später warf er die Kippe weg und verschwand im Eingang eines 24-Stunden-Supermarktes.

Was sollte ich jetzt machen? Allein nach Hause kam nicht in die Tüte, aber ich konnte auch nicht den ganzen Tag wildfremden Menschen hinterherlaufen. Es gab eigentlich nur eine Person, die ich sehen wollte – und das war Henri.

4 - TONY STARK

Ich lief unter den Bäumen die Willy-Lohmann-Straße entlang in das angrenzende Viertel. Das mit den Gründerzeithäusern und den Villen. Hier wohnte Henri.

Es war im vergangenen Herbst gewesen, am Anfang des Schuljahres, als Henri in unsere Klasse kam. Die Wittich hatte ihn als »Ongri Sajevic aus Bosnien« vorgestellt, obwohl er, wie ich später erfuhr, in Bonn geboren und dort die letzten Jahre aufs Gymnasium gegangen war. Anfang der 90er Jahre waren seine Eltern von Sarajevo nach Deutschland gekommen. Wegen des Krieges. Im vergangenen Schuljahr sei Henri oft krank gewesen und habe dementsprechend viel Unterrichtsstoff verpasst, referierte die Wittich weiter. Deshalb gehe er ab sofort in unsere Klasse, obwohl er ein Jahr älter sei. Na toll, dachte ich, ein Sitzenbleiber.

Henri trug Turnschuhe und Jeans, einen dunkelbraunen Gürtel mit abgewetzter Schnalle, ein hellblaues Poloshirt und eine teure Uhr. »Wie ein Jurastudent«, hatte mein Vater gesagt, als er Henri das erste Mal begegnete. Seine Haare waren kurz. Sehr kurz. Es sah aus als wäre er am Morgen mit langen Haaren aufgestanden, hätte in den Spiegel gesehen und sich noch schnell vor der Schule einen Radikalschnitt verpasst.

Henri war zwar zurückgestuft worden, aber auf den Kopf gefallen war er nicht. Das wurde schnell klar. Den meisten von uns war er Lichtjahre voraus. Er hatte so einen *Blick*. Schwer zu beschreiben. Er stand da neben der Wittich, deren rotbraune Locken er überragte, und er sah sich um wie Tony Stark sich umsieht, wenn er einen Raum auf potentielle Gefahren abcheckt. Er wirkte keineswegs eingeschüchtert, wie das normal war bei Neulingen. Henri scannte unsere Klasse Kopf für Kopf, hier und da hob er einen Mundwinkel. Und als er keine Lust mehr hatte, rollte er mit den Augen, als wäre er gelangweilt. Die Wittich sah zu ihm auf und redete und redete, und als sie fertig war, setzte sie ihn ausgerechnet auf den freien Platz neben mir! Das versetzte mich damals, ehrlich gesagt, nicht gerade in Hochstimmung.

»Hey, Digger«, sagte er und klopfte auf den Tisch, wie mein Vater das in seiner Stammkneipe tat. »Henri.«

Und ich dachte, *Digger*? Was ist das denn für ein bescheuerter Slang! Ich hielt ihn für wahnsinnig arrogant und vergaß etwas zu erwidern, blickte nur mit großen Augen auf seine linke Hand. Der Daumen an dieser Hand war geschwollen und schimmerte in allen Schattierungen von Blau und Lila. Das war mir vorher gar nicht aufgefallen. Wie eine Aubergine sah der aus. Den Rest der Stunde hatte ich Schwierigkeiten, mich zu konzentrieren. Immerzu starrte ich auf den demolierten Finger. Henri ignorierte mich. Bestimmt hielt er mich für stumm. Als es zur Pause klingelte und alle ihre Bücher einpackten, fragte ich ihn, was mit seiner Hand passiert sei. Er sah mich überrascht an, weil ich doch sprechen konnte, und erzählte von seinem großen Bruder. Der sei zwar älter, aber nicht stärker, und Henri hatte ihn quer durchs Haus gejagt, um ihn zu verprügeln, weil er sich an seinen Sachen vergriffen hatte.

»Was sonst«, sagte Henri. »Er war in sein Zimmer gelaufen. Aber dort saß er in der Falle. Dachte ich zumindest. Ich habe mich so in den Türrahmen gestellt.« Henri formte mit seinen Armen und Beinen ein großes X. »Und Paul, so heißt mein mieser Bruder, hat einfach die Tür zugeworfen und seinen Kadaver voll dagegen. Da war der Daumen dazwischen.«

Mein lieber Herr Gesangsverein, dachte ich. Das sagt mein Vater immer, wenn was Schlimmes passiert. Oder wenn er die *Tagesthemen* sieht. Mein lieber Herr Gesangsverein.

5 - HENRI LECONTE

Henri kommt aus anderen Verhältnissen. Seine Familie ist wohlhabend. »Ich sage nur Kotromanić«, hat er mal augenzwinkernd erwähnt. »Alter bosnischer Adel, reich geerbt.« Ich muss dazusagen, ich hatte keine Ahnung, was das bedeutet, bevor die Sajevics in meinem Leben eine Rolle spielten. Wohlhabend. Sie wohnen in einer Villa im besten Viertel der Stadt, an ihren Wänden hängen Bilder, die teuer aussehen, und es gibt einen Raum nur für Bücher. Außerdem besitzen sie Musikinstrumente, von denen ich nie gehört habe. Eines heißt Zink, wie das chemische Element. Es sieht aus wie eine mit Leder überzogene Flöte und klingt entfernt nach Trompete. Einmal war ich allein im Musikzimmer und habe versucht darauf zu spielen. Ich spitzte die Lippen und pustete vorsichtig hinein. Das verursachte … kein Geräusch. Als nächstes zog ich den Mund breit, ließ eine kleine Öffnung vorn zwischen den Lippen, durch die ich Luft in das Instrument presste. Dieses Mal ertönte ein krächzendes Geräusch. Es klang wie ein schimpfender, exotischer Vogel. Ich presste noch einmal, fester, und aus dem Vogel wurde ein hustendes Pferd. Ich pustete erneut und merkte erst, dass Henri neben mir stand, als er mir auf die Schulter tippte und mit geschlossenen Augen den Kopf schüttelte.

Der Knaller aber ist: Die Sajevics haben ein Hausmädchen. So was kannte ich nur aus Hollywoodfilmen – oder *Tatorten* die im Reichen-Milieu spielten. Also die ohne Nora. Dass in unserer Nachbarschaft Dienstmädchen arbeiteten, die sich wie vor hundert Jahren oder so um die Kinder und den Haushalt kümmern, während die Herrschaften ihrem Alltag nachgehen, wäre mir nie in den Sinn gekommen, bevor Henri in unsere Klasse kam. Nicht, dass ich selbst gern Bedienstete gehabt hätte. Allein die Vorstellung! Uns, also Papa und mir, fehlte es an nichts, wie man so sagt. Jedenfalls vermisste ich nichts. Wir hatten ein Dach über dem Kopf und einen vollen Kühlschrank. »Eine warme Mahlzeit am Tag und Schulbildung«, behauptete mein Vater gern und haute lachend mit der flachen Hand auf den Tisch, »dann kann alles aus dir werden!« Dabei funkelten seine Augen wie zwei Glühwürmchen.

Seinen Nachnamen hat Henri von der Familie seines Vaters, der Jurist ist und eine Zeitlang für den Internationalen Strafgerichtshof gearbeitet hat. Henris Mutter kommt aus Frankreich und ist Übersetzerin. Von ihr hat er seinen Vornamen. Frau Sajevic war Fan von Henri Leconte, einem Tennisspieler, der den Spitznamen »der geniale Clown« trug. Die Familie spricht Henris Vornamen französisch aus. Ongri. In der Schule nennen ihn alle Henri, auch die Lehrer.

In den ersten Wochen fiel er durch zwei Dinge auf: Zum einen brachte er sich Kaffee und ausgefallenes Essen mit zur Schule. Jeden Morgen schlurfte er durch das Schultor, eine hellbraune Ledertasche unterm Arm und einen Coffee to go in der Hand. In den Pausen packte er frisch gepressten Orangensaft aus und dazu Avocado-Sandwiches mit rotem, grobem Pfeffer. Oder Millefeuille, ein französisches Gebäck. Schmeckt super. Alles immer fein abgepackt vom Hausmädchen. Jedem, der neugierig auf Henris Pausensnack schielte, hielt er wortlos ein Stück hin.

Zum anderen blieb er trotz dieses exzentrischen Auftretens eher für sich selbst, beziehungsweise in seinen eigenen … Sphären? Die Serien, Filme und Songs, die wir alle kannten und auf die wir in den Pausen immer wieder anspielten, als gäbe es nichts Wichtigeres auf der Welt, waren Henri egal. Gruppenzwang existierte für ihn nicht. Und eine Zeit lang dachte ich, dass er noch nie einen Film oder eine Serie gesehen hatte. Aber bei diesem Thema, und es blieb nicht das einzige, täuschte ich mich gewaltig.

6 - AMOK ANDI

Im Januar, nach den Weihnachtsferien, hatte Henri das erste Mal seine Kamera mit zur Schule gebracht. Und ich meine nicht die Kamera in Henris Smartphone. Es handelte sich um einen großen, schwarzen Kasten, den man schultern konnte. Anfangs sah es so aus, als filmte er alles, was ihm vor die Linse kam. Kichernde Fünftklässler, die gespenstischen Gänge im Dachgeschoss, die verwelkten Pflanzen im Bio-Vorbereitungsraum oder die versifften Toiletten. Doch von einem Tag auf den anderen nahm Henri einen bestimmten Schüler ins Visier. Als hätte ihn der Blitz getroffen und ihm eine Mission auferlegt. Der Junge, den Henri fortan verfolgte, war blass, dünn und rothaarig. Er sah aus wie eine verpickelte Version von Ed Sheeran. Später stellte sich heraus, dass er Andreas Burau hieß und im Jahrgang über uns war. Henri filmte ihn in den Pausen, auf dem Schulhof, immer in sicherem Abstand. Aber es dauerte nicht lange, da fing er an, den Rothaarigen regelrecht zu stalken. Es gibt Videomaterial, auf dem Nahaufnahmen zu sehen sind, wie Andreas Burau Nudelauflauf in der Schulkantine isst. Andreas Burau beim Händewaschen auf dem Schulklo oder allein im Schneidersitz auf einer der Tischtennisplatten vor der Turnhalle. Andreas aus einem der höher gelegenen Stockwerke gefilmt, wie er auf dem Schulhof heimlich raucht. Andreas, wie er versucht, sich vor der Kamera zu verstecken. Henri entwickelte eine Manie wie in einem Roman von Stephen King. Den Lehrern, die ihn regelmäßig ermahnten oder zum Gespräch zitierten, prophezeite er mit großem Ernst und erhobenem Zeigefinger, an unserer Schule würde sich bald das gleiche Schicksal ereignen wie in Erfurt oder in *Bowling for Columbine*. Er wolle nur den »Vorabend der Eskalation« dokumentieren, beteuerte er. Andreas Burau sei ein Gefährder. Die Lehrer hörten nicht richtig zu, schüttelten verständnislos die Köpfe und drohten Henri mit dem Einkassieren seiner geliebten Kamera, wenn er nicht von Andreas ablassen würde. Der Ordnername auf Henris Computer, in dem er die Videoaufzeichnungen sammelte, lautete »Amok Andi«. Zu diesem Zeitpunkt war Henri mir noch nicht sympathischer geworden. Wie auch? Die Stalkerepisode verstärkte vielmehr meine Skepsis gegen diesen undurchsichtigen Typen. Aber das sollte sich bald ändern.

Das ganze Theater dauerte nämlich so lange, bis unser Direktor ein Treffen mit Andreas' und Henris Eltern ansetzte. Henris Strafe bestand aus einer Entschuldigung und einem halben Jahr Kameraentzug. Dafür sah man von einem Schulverweis ab. Danach beruhigte sich die Lage.

Für das Gespräch mit den Eltern und Kneissl, unserem Direktor, war ein neutraler Schüler als Beisitzer vorgeschrieben. Und die Wittich hatte mich ausgewählt. Wie sie ausgerechnet auf mich kam, ist mir bis heute ein Rätsel. Ich musste jedenfalls an dieser Krisensitzung teilnehmen und mir im Vorfeld das gesamte Videomaterial ansehen.

Und was soll ich sagen? Die Aufnahmen waren *brillant*! Henri hatte wirklich Ahnung von der Technik und definitiv ein Händchen für Bilder und Stimmungen. Ich hatte das erste Mal in meinem Leben das Gefühl, einem Gehirn bei der Arbeit zusehen zu können. Und so begann ich diesen Sitzenbleiber in einem anderen Licht zu sehen. Es mag seltsam klingen, aber Henri operiert mit einer geistigen Unabhängigkeit, die ich bei den meisten Erwachsenen vermisse. Er kann über Grenzen und Gesetze hinwegdenken. Wie diese Typen, die sich elegant und querfeldein durch die Stadt bewegen, als wäre es nur ein dreidimensionaler Raum und die Schwerkraft könne man nach Belieben an- und ausschalten. Für sie ist der öffentliche Raum ein Parcours, dessen Hindernisse sie möglichst effizient nutzen, statt gemütlich an einer roten Ampel herumzustehen oder den Fahrstuhl zu nehmen, um in einem Gebäude ins nächste Stockwerk zu gelangen. Und alle anderen stehen entgeistert daneben und begreifen erst, was abgeht, wenn der Spuk schon wieder vorbei ist. So funktioniert Henris Gehirn. So agieren seine Gedanken.

In den darauffolgenden Wochen konnte Henri aber nur langsam die Finger von seinem Opfer lassen. Jedes Mal heulte er auf wie ein Wolf, wenn Amok Andi in der Nähe war. Oder er knurrte und bellte wie ein Hund. Schräges Zeug kam da aus ihm heraus. Andi nahm die Beine in die Hand, wenn er Henri erblickte oder jaulen hörte. Irgendwann verstummten die Tierlaute und das Thema war mehr oder weniger vom Tisch. Nach der Stalkerepisode genoss Henri mehr Respekt an der Schule, auch bei den Schülern der höheren Klassen.

Und so war ich erst zu Henris Verbündetem und schließlich zu seinem Freund geworden. Für die anderen in unserer Klasse schien das zu passen. Der selbstbewusste Sitzenbleiber, der Antreiber und Möchtegernfilmemacher hing nun mit dem blonden Lehrersöhnchen herum, der sich bei ihm einhakte und mitziehen ließ. Und so war es ja auch.

Als ich das zweite Mal bei Henri übernachtete und wir uns das restliche Filmmaterial angesehen hatten, gestand er mir, warum er tatsächlich sitzengeblieben war. In der achten Klasse, also dem Jahr, bevor er zu uns kam, sei er überzeugt davon gewesen, er lebe in einer Art Truman-Show und überall wären Kameras, die sein Leben aufzeichneten und an das Millionenpublikum eines geheimen TV-Senders übertrugen. Das habe ihn richtig krank gemacht und seine Eltern hätten ihn, nachdem sie nicht mehr weiter wussten, schließlich in die KJP, die Kinder- und Jugendpsychiatrie, eingewiesen. Derealisationserleben, habe die Ärztin damals diagnostiziert. »Frau Doktor Wendelberger, falls es dich interessiert. Super Ärztin, wir haben uns gut verstanden«, erzählte er mir und ließ den Zeigefinger neben seinem Kopf kreisen. »Guten Tag, darf ich vorstellen, Henri Sajevic. Noch nicht volljährig, aber schon einen Dachschaden.«

7 - STANDARDANTWORT

Das Tor zum Garten stand offen. Dana, das Dienstmädchen, öffnete die große Haustür. Sie lächelte, stopfte ein Geschirrtuch in ihre Hosentasche und nahm meinen Kopf zwischen ihre Hände. Als ich die Sajevics das erste Mal besuchte, hielt ich sie für Henris ältere Schwester. Sie deutete zwei Küsse links und rechts neben meinem Mund an, zog mich ins Haus und schloss die Tür hinter mir. Drinnen roch es nach Kaffee. Ich sah erst auf meine Füße und dann in ihr Gesicht.

Sie nickte und sagte: »Ja, bitte Schuhe ausziehen.«

Nachdem ich meine Turnschuhe auf das dunkle Parkett neben der Haustür geschoben hatte, zeigte Dana mit ausgestrecktem Arm Richtung Wohnzimmer, in dem Henris Vater saß und mit geschlossenen Augen Radio hörte. Er blinzelte und schüttelte mir ausgiebig die Hand, als ich bei ihm angekommen war. Seine Nase ist stark zu seiner linken Gesichtshälfte hin gebogen. Als wäre sie einmal gebrochen gewesen und nicht wieder richtig gerade gerückt worden. Ich bin jedes Mal erstaunt über diese Nase.

»Hallo Leo, so früh auf? Wie geht es dir?«

»Danke, gut«, sagte ich.

Er drehte den Nachrichtensprecher leiser. »Und wie geht es deinem Vater?«

Die Nase zog es heute besonders stramm nach links. Als wollte sie um die nächste Ecke gehen und den restlichen Herrn Sajevic hinter sich herziehen.

»Gut. Es geht ihm gut«, sagte ich.

»Und deinen Großeltern, wie geht es ihnen?«

»Auch gut.«

Das war ich gewohnt. Henris Vater folgte einem Ritual, welches er, so weit ich weiß, vom Balkan mitgebracht hatte. Er fragte in der immer gleichen Reihenfolge nach dem Befinden meiner Familienmitglieder. Und die Standardantwort war »gut«. Das hatte Henri mir vor meinem ersten Besuch erklärt. Es ging immer allen gut, nur in Ausnahmefällen und wenn man massig Zeit mitgebracht hatte, sollte man davon abweichen. Nach der Frage, wie es meinen Großeltern gehe, folgten die Onkels und Tanten, meine Cousins und Cousinen und schließlich »die restlichen Verwandten«. Dann war ich an der Reihe, mich nach der Familie des Gastgebers zu erkundigen.

»Wie geht es ihnen, Herr Sajevic?«, fragte ich höflich.

»Gut.«

»Und wie geht es ihrer Frau?«

»Auch gut, danke. Sie schläft noch.«

»Und den Kindern?«

»Denen geht es gut. Doch, doch, in der Heimat sind auch alle wohlauf. Danke der Nachfrage.« Mit einer abschließenden Handbewegung drehte er das Radio wieder lauter. »Henri ist oben.«

Ich lief an einer großen, palmenartigen Pflanze vorbei, stieg die steinerne Treppe ins Obergeschoss und bog nach rechts.

»Digger, wo warst du gestern auf einmal?« Henri saß in Boxershorts an seinem Schreibtisch und sah vom Laptop auf, als ich sein Zimmer betrat. Er winkte mich heran. »Und was ist mit deinem Handy? Ich hab den Chat komplett verrückt gemacht. Ich dachte, es ist was passiert.«

»Es ist auch was passiert«, sagte ich.

»Hier, sieh dir das an.« Er hielt inne, als wäre ihm etwas Wichtiges eingefallen. »Was ist denn passiert?«

»Mein Vater ist plötzlich verschwunden.«

»*Verschwunden*?« Henri betonte das Wort, in dem er es künstlich in die Länge zog. »Was soll das denn heißen? Ehrlich Brothers und weg war er oder was?«

»Er ist weggelaufen«, sagte ich. »Zu meiner Tante. Aber ich sag dir was: Er bleibt erstmal dort. Wir haben sturmfrei!«

»Warte mal.« Henris Zeigefinger tauchte vor meinem Gesicht auf. »Wieso haut dein Dad aus eurer Wohnung ab?«

»Weil er krank ist«, sagte ich. »Du hörst nicht zu. Wir haben die Bude für uns. Wahrscheinlich die ganzen Ferien über.«

»Aber«, er ließ nicht locker, »wenn man krank ist, geht man doch ins Bett oder so.«

»Mann, er hat Demenz, sagt der Arzt. Er hat Orientierungsschwierigkeiten, geht planlos irgendwohin, lässt überall Bananen rumliegen und solche Sachen. Aber er ist in Behandlung.«

»Bananen, im Ernst?«, sagte Henri. »Er ist also vergesslich?«

»Ja, so was wie Alzheimer.« Ich setzte mich im Schneidersitz neben den Papierkorb, holte mein Handy hervor und schloss es an ein Ladekabel, das vom Tisch hing. »Ist aber nicht dasselbe. Multi-Infarkt-Demenz, meint Doktor Pilz. Das ist wohl einen Zacken …«

»Shit.« Henri sprang auf. »Hast du mein Telefon gesehen?« Er hielt es in der Hand.

»Willst du mich verarschen?«, fragte ich.

»Wo?«

»In deiner Hand.« Ich stand genervt auf und tippte darauf. »Hier.«

»Was ist denn jetzt mit dem Licht?« Henri ging zur Wand neben dem Bücherregal und legte seine Hände auf die Tapete. »War hier nicht gestern noch eine Tür?«

»Alles klar bei dir?« Ich lief hinter ihm her und legte meine Hand auf seine Stirn. »Was soll die Show?«

»Ich stelle mir vor, ich habe Alzheimer«, sagte Henri und zog die Mundwinkel nach oben.

»Jetzt hör doch mal zu!« Er konnte mich wirklich in den Wahnsinn treiben. »Papa geht es gut, Tante Lisa kümmert sich und wir haben die Wohnung für uns.« Ich hob beide Hände, als hielte ich zum x-ten Mal die gleiche Predigt. »Comprende? Kannst du zu mir ziehen?«

»Sicher«, sagte Henri. Seine linke Hand spielte mit dem Handy. Er hielt eine Ecke des Telefons zwischen Daumen und Zeigefinger, holte Schwung und das Gerät machte einen Salto. Es landete jedes Mal mit der Rückseite auf der flachen Hand. »Ich behaupte einfach, wir lernen zusammen oder so.«

Ich war, ehrlich gesagt, ziemlich erleichtert, als er zusagte. Bei Henri wusste man nie, woran man war. Deshalb war es auch nie langweilig mit ihm. Außerdem war die Vorstellung, die nächsten Tage und Nächte allein in der leeren Wohnung verbringen zu müssen, irgendwie unheimlich. Aber das musste ja niemand erfahren.

8 - BLAIR WITCH PROJECT

Henri zog eine kurze Hose und ein verwaschenes, hellblaues T-Shirt an und verließ das Zimmer, um mit seinem Vater zu sprechen. Ich sah mich in Ruhe um. Es gab immer Neues zu entdecken. In einer Ecke stand eine Gitarre, daneben ein Stapel Comics, ganz oben lag *Batman: The Killing Joke*. Ich blätterte in den Heften herum. Draußen stieg die Sonne über die Hausdächer. Durch die halb geöffneten Jalousien zeichnete das Licht Streifen an die Wände, an denen Filmplakate hingen: jede Menge Tarantino, *Shining*, *Der Pate*, *Matrix*. Ein Plakat kannte ich nicht, ein kitschiges, durch und durch blaues Motiv. Aus einem Meer taucht der Oberkörper eines Mannes, über ihm ein aus dem Wasser springender Delfin. *The Big Blue*. Henris Kamera thronte auf einem Stativ in der Mitte des Raumes. Ein großes Metallregal war vollgestopft mit DVDs, Videokassetten und Büchern. In einem Regalfach lehnte ein Bilderrahmen. Auf dem Foto: Henri und ich, Arm in Arm. Im Hintergrund die Buntglasfenster im Treppenhaus vor unserer Wohnung. Henri lächelt gequält, ich sehe müde in die Kamera. Auf unseren Gesichtern sind jede Menge Dreckspritzer. Mein Vater hatte das Foto vor einem Monat aufgenommen, als Henri und ich von unserem ersten Campingausflug zurückgekehrt waren. An diesem Wochenende wollte Henri seinen ersten Film drehen. Im

Gegensatz zu mir hat er nämlich eine Vorstellung von seiner Zukunft. Er werde eines Tages Regisseur werden, behauptete er. Oder Kameramann. »Aber nicht fürs Fernsehen, so'n Firlefanz. Definitiv Kino. Arthouse vielleicht.« Das Campingwochenende wollte er nutzen für Aufnahmen nachts im Wald und von vor Angst geweiteten Augen und Geräuschen im Dunkeln. So hatte er sich das vorgestellt und sogar ein Drehbuch geschrieben, welches aus fünf zusammengehefteten A4-Seiten bestand. »Das wird *der* Horrorfilm«, hatte er ankündigt, »im Stil von *Blair Witch Project*.« Aber es kam anders. In der ersten Nacht im Zelt hörten wir Stimmen, draußen in der Dunkelheit. Und sie kamen näher. Es waren Laute, die wir nicht verstanden. Zwei Männer wiederholten immerzu Worte in einer uns fremden Sprache. Dann kratzte ein Stock an unserer Zeltwand. Ratz, ratz. Wir zitterten vor Angst und wussten nicht, was wir tun sollten. Als das Kratzen und Schimpfen nicht endete, krabbelten wir schließlich ins Freie. Es war zappenduster. Die Männer leuchteten mit ihren Taschenlampen wild herum und redeten auf uns ein. Als ein Lichtkegel einen von ihnen traf, erkannte ich einen Schnurrbart und einen Turban. Bis heute wissen wir nicht, was sie von uns wollten. Nachdem wir ihnen mit Händen und Füßen klar gemacht hatten, dass wir nichts von dem verstanden, was sie sagten, gingen sie weg und verschwanden in der Finsternis. Nach diesem eigenartigen Besuch wollte ich sofort nach Hause, aber Henri schaffte es, mich zum Bleiben zu überreden. Er weigerte sich einfach mitzukommen. In der zweiten Nacht regnete es und das Wasser flutete unser Zelt, denn wir hatten unser Lager in einer Senke aufgebaut. Nach kurzer Zeit saßen wir wie auf einem Wasserbett und am Ende der Nacht, in der wir wieder kaum geschlafen hatten, waren sogar die Kamera und das Drehbuch nass geworden. Wir packten alles zusammen und fuhren mit dem ersten Zug nach Hause. Als wir bei meinem Vater vor der Wohnungstür standen, durchnässt und todmüde, ließ er uns nicht hinein. »Zuerst ein Foto«, rief er und lief kichernd in die Küche, um die Kamera zu holen. Er konnte sich gar nicht beruhigen und zeigte immer wieder lachend mit dem Finger auf uns. Erst nachdem er das Bild gemacht hatte, ließ er uns rein.

Als Henri ins Zimmer zurückkam, packten wir ein paar Sachen in seine Sporttasche.

»Ich nehme die Kamera mit«, sagte er, »vielleicht drehen wir was.«

»Lass' lieber was einkaufen«, sagte ich, stopfte ein Ladekabel zwischen Henris Socken und zog den Reißverschluss mit einem »Zipp« zu.

Auf dem Weg zum Supermarkt wollte Henri alles wissen, was ich über die Krankheit meines Vaters wusste. Ich erzählte davon, dass er immer öfter die Orientierung verlor. Und die Sache mit den Bananen und andere verrückte Dinge, die er machte, über die ich lachen musste, die im Grunde aber nicht lustig waren. Papa gehöre eigentlich nicht zur Risikogruppe, hatte der Arzt gesagt, weil er topfit war für sein Alter und nicht rauchte und so. Als ich Henri davon erzählte, dämmerte mir langsam, was es mit dieser Krankheit auf sich hatte. Was für Abgründe sich da auftaten.

»Doktor Pilz meint«, sagte ich, »es könnte davon kommen, dass mein Vater in seiner Jugend Profiboxer war.«

»Dein Ernst?« Henri sah mich von der Seite an.

»Ohne Scheiß«, sagte ich. »Papa hat jahrelang Schläge gegen

den Kopf bekommen. Er war sogar mal DDR-Meister im Boxen. Im Weltergewicht. Irgendwann in den 80ern war das.«

»Uh, im Weltergewicht!« Henri fing an, *Eye of the Tiger* zu summen und tänzelte mit angewinkelten Armen vor mir herum.

»Es sti-himmt«, sagte ich. »Davon gibts Fotos!«

9 - ZWONSIEBZICH

Vor dem Supermarkt hockte ein Obdachloser auf dem Bordstein. Seine Plastiktüten und ein auf der Seite liegendes Fahrrad blockierten den Gehweg. Eine junge Frau manövrierte ihren Kinderwagen durch den Unrat und fluchte. Wir gingen durch die großen Glastüren in das kühle Innere des Supermarktes, passierten das Drehkreuz und suchten Cola und Tiefkühlpizza. Henri summte noch immer *Eye of the Tiger* vor sich hin. Am Backstand tütete er zwei Brötchen ein. »Für den Alten auf der Straße«, sagte er und nickte im Takt.

Das hatte er von seiner Großmutter. Sie hieß Antonida und wenn sie aus Sarajevo nach Deutschland kam, um die Familie zu besuchen, kaufte sie jedem Obdachlosen, dem sie in der Stadt begegnete, eine Kleinigkeit beim Bäcker. »Arrme Niechtsnutze«, schnaubte sie jedes Mal, zückte ihre dicke Brieftasche und hob einen verbeulten Finger. Wenn man ihnen Geld gebe, würden sie nur Schnaps und Tabak kaufen, aber gegen den Hunger müsse man was tun. »Hungrige Miecken steechen scharrf.«

In dem Kassierer an der Supermarktkasse erkannte ich den Mann aus dem Park. Der mit dem Spruch auf dem T-Shirt. Er wirkte abwesend, grüßte nicht und starrte auf die ihm entgegenkommenden Artikel auf dem Kassenband. Auf seinem

Namensschild stand: »Herr Friebe – Frische erleben«. Er hatte einen auffälligen Mund, mit wellenartig geschwungenen Lippen, wie gemalt sah das aus. Henri stieß mir den Ellenbogen in die Seite und zeigte auf das T-Shirt. »Cooler Spruch, Herr Friebe«, sagte er und legte hochachtungsvoll Daumen und Zeigefinger aneinander. Der Typ musterte uns, ohne den Kopf zu bewegen. Als er mich sah, sagte er: »Du schon wieder«, und scannte unsere Pizzas. Während wir die Einkäufe verstauten, erzählte ich Henri von der Begegnung im Park.

»Verarschst du mich?« Er wollte nicht glauben, dass ich im Freien übernachtet hatte. »Damals am See hast du dir fast in die Hose gemacht.«

Wir gingen zurück auf die Straße. Das Sonnenlicht blendete, eine Straßenbahn ratterte vorbei. Im Nachhinein habe ich diesen Moment, als wir ins Freie traten, besonders in Erinnerung. Obwohl es damals nicht abzusehen war, was passieren würde. Dennoch sehe ich das grelle Sonnenlicht und die vorbeifahrende Straßenbahn wie in Zeitlupe vor mir. Henri bückte sich zu dem Obdachlosen runter und hielt ihm die Brötchen hin. Die Augen des Alten richteten sich auf die Papiertüte, auf Henris Gesicht und erneut auf die Tüte. Blitzschnell ergriff der Mann Henris Handgelenk und zog ihn zu sich hinunter. Er flüsterte etwas in Henris Ohr. Ich konnte nicht verstehen, was er sagte.

»Was sollte das denn?«, platzte es aus Henri heraus, nachdem der Alte losgelassen hatte. Er trat gegen das Fahrrad, das nach wie vor quer auf dem Gehweg lag. Der Alte saß da, als wäre nichts gewesen, zog unbeeindruckt ein Brötchen aus der Tüte und biss die Hälfte ab.

Ich lief Henri nach, der es plötzlich eilig hatte und bereits auf der anderen Straßenseite war, als ich ihn erreichte. »Was hat er gesagt?«

»Der hat doch nicht mehr alle Pillen in der Packung.« Henri lief mit großen Schritten geradeaus und schüttelte den Kopf. Der Alte war inzwischen aufgestanden und fingerte bereits das zweite Brötchen aus der Tüte.

»Das hat er gesagt?«, fragte ich.

»Nein, verdammt! Er hat mich angeschleimt, was denkst du denn?«

Ich lief ein Stück rückwärts die Straße entlang, um beide, Henri und den Supermarkteingang, im Blick zu haben.

»Der Penner hat mir fast den Arm gebrochen.« Henri war in Fahrt. »Ich glaube, der war scharf auf meine Uhr!«

Mit dem zweiten Brötchen im Mund stellte der Alte das Fahrrad auf, lehnte es an eine Laterne und begann die Plastiktüten einzusammeln.

»Er sagte, er kennt ein Geheimnis, das er nicht länger für sich behalten will.« Henri zog die Augenbrauen hoch. »Was für ein Schwachsinn!«

»Ach«, sagte ich mehr zu mir als zu Henri. »Was für ein Geheimnis?«

»Sollen wir selbst rausfinden. Das hier hat er mir gegeben.« Henri öffnete seine Hand, darin lag ein Schlüssel. Es war ein Spindschlüssel mit einer in schwarzem Plastik eingestanzten Nummer.

»Und er hat gesagt, der Inhalt dieses Schließfaches würde das Geheimnis von 72 lösen.« Henri äffte den Alten nach. »Das Geheimnis des blöden Penners.«

»Das Geheimnis von 72«, sagte ich. »Was meint er? Neunzehnhundertzweiundsiebzig?«

Bevor wir um die nächste Ecke bogen, hob der Alte einen Arm. Dann verschwand er aus meinem Blickfeld.

»Keine Ahnung. Ist ja wohl noch nicht gelöst, dieses Geheimnis. Googel doch mal!«

Das Wort Geheimnis aktivierte meine Paranoia. Hinter den Fensterscheiben der Häuser sah ich Augen, die uns nachschauten, und die Nummernschilder der Autos lasen sich wie verschlüsselte Botschaften.

»Lass uns zurückgehen und fragen«, sagte ich so sachlich wie möglich.

»Vergiss es«, rief Henri.

»Wie hat er das gesagt?«, wollte ich wissen.

»Und ich kaufe dem Typ zwei Brötchen. Zwei! Ich Idiot.«

»Wie hat er das formuliert?«, fragte ich. »Die Sache mit der 72?«

Henri stöhnte. »Er sagte, der hier, also der Schlüssel, löst das Geheimnis von Zwonsiebzich. Und dass ich damit zum Bahnhof gehen soll.«

»Ein Schließfach am Bahnhof«, flüsterte ich und sah mich um. »Das ist ja wie bei TKKG!«

Wir überquerten die Bernburger Straße und ich tippte »Geheimnis 72« bei Google ein. Die Ziffernfolge auf dem Schlüssel lautete 144, ein Vielfaches von 72. Ich fand nichts Brauchbares, nur Artikel zu einem Attentat in München 1972. Terroristen hatten damals die israelische Olympiamannschaft angegriffen und mehrere von ihnen ermordet. Ich überflog den Wikipedia-Artikel und stellte mir vor, wie ich am Bahnhof ankomme, das Schließfach öffne und einen kleinen schwarzen Aktenkoffer darin finde.

»Und wenn er gar nicht Neunzehnhundertzweiundsiebzig

meinte«, sagte ich, »sondern was anderes? Ich gehe zurück und frage.«

»Nein, lass uns zu dir gehen!« Henri wollte mich festhalten, aber ich war schneller und zog den Arm weg.

»Warte hier«, rief ich, lief zur Straßenecke und den ganzen Weg zurück zum Supermarkt.

Der Alte war nicht weit gekommen. Gemächlich schob er sein Fahrrad Richtung Innenstadt. Ich trottete eine Weile neben ihm her und sah ihn von der Seite an. Alles an ihm war dunkelgrau. Seine Haare, seine Haut, Pullover und Hose. Dunkelgrau. Im Mundwinkel hatte er einen Zigarrenstumpen, den er teils kaute, teils schmauchte. Er tat so, als wäre ich nicht da. Nach einer Minute, tippte ich ihm auf die Schulter.

»Hey!«

Der Alte fuchtelte eine imaginäre Fliege weg.

»Hey!«, wiederholte ich laut. »Was meinen Sie mit 72? Was soll das mit dem Schlüssel?«

Er drehte den Kopf in meine Richtung und starrte mit glasigen Augen durch mich hindurch. Ich wiederholte meine Fragen und sagte mehrmals »Entschuldigen Sie« und »Hallo«, aber er antwortete nicht. Schließlich verstellte ich ihm den Weg und griff mit beiden Händen in den Fahrradlenker. Woher ich den Mut dafür nahm, weiß ich auch nicht.

»Verschwinde«, röchelte der Mann und versuchte mit seinen dreckigen Fingern meine Hände zu lösen. Er stank. Der Alte stank nach Aschenbecher, überbacken mit extra Schimmelkäse.

»Du hast meinem Freund einen Schlüssel in die Hand gedrückt und irgendwas von 72 gefaselt. Was meinst du damit?«

Der Alte zeigte seine Zähne, die gelb und grau waren wie bei starken Rauchern. Entweder lächelte er oder er verzog das Gesicht, weil ihn die Sonne blendete. Schwer zu sagen.

»Verschwinde! Lass mich in Frieden«, murrte er, spuckte den Zigarrenstumpen mit einem Krächzen aus und drückte mit dem Vorderrad gegen mein Schienbein. »Ich schreie!«

»Ich schreie gleich, wenn du nicht …«, sagte ich und drückte fester gegen den Lenker.

»Hilfe!«, rief der Alte gelangweilt. »Hilfe!«

Eine Frau mit lila Lockenkopf, die einen Pudel spazieren führte, blieb stehen und sah zu uns herüber. Sie schüttelte auffällig langsam ihren Kopf. Der Hund tippelte nervös hinter sein Frauchen und steckte die Schnauze zwischen ihre Hosenbeine.

Vor Schreck ließ ich los. Ohne nach links oder rechts zu schauen, lief der Alte mit seinem Rad quer über die Straße. Ein Auto bremste mit quietschenden Reifen. Der Fahrer zog scharf nach links und der Wagen holperte über einen Poller in der Fahrbahnmitte. Den Penner interessierte das nicht. Ich sah ihm nach, wie er fortlief, auf der anderen Straßenseite, stur mit seinem Fahrrad und den baumelnden Taschen und Tüten. Die Leute, die ihm entgegenkamen, machten den Weg frei, als wäre er was Besonderes. Ich machte ein Foto von dem davoneilenden Alten und lief zurück zu Henri, der, vertieft in sein Handy, an einer Hauswand lehnte. Als ich näherkam, sah er mich fragend an.

»Wie siehst du denn aus?«, fragte er auf seine unnachahmliche Henriart. Er war wieder guter Dinge. »Biste gerannt?«

Ich schüttelte den Kopf. »Nichts zu machen.«

»Was du nicht sagst. Warum sollte er irgendeinem Typen, den er überhaupt nicht kennt, ein Riesengeheimnis anvertrauen? Nur weil ich so blöd war und ihm was zum Essen gekauft habe.«

Für mich war die Sache nicht erledigt. Einmal, im Winter muss das gewesen sein, denn es war zeitig dunkel geworden, war ich vom Schwimmtraining nach Hause gelaufen. Und auf dem Bordstein stand plötzlich ein Aktenkoffer. Wie aus dem Boden geschossen. Kein Mensch weit und breit. Ein Koffer stand dort im Dunkeln, neben einem Pkw in der Blumenstraße. Ich hob ihn an. Er war schwarz und definitiv nicht leer. Verunsichert ließ ich ihn stehen und lief nach Hause. Dort erzählte ich Papa davon und wir überlegten, was in dem Koffer sein mochte. Mein Vater vermutete allen Ernstes eine Bombe und sagte, ich dürfe nicht zurückgehen, der Koffer müsse bleiben, wo er sei. Wir diskutierten eine Weile, aber ich gehorchte schließlich und ging brav ins Bett. An diesem Abend schlief ich mit dem Gedanken ein, dass ich vielleicht an der größten Überraschung meines Lebens vorbeigegangen war. Ich ärgere mich bis heute, dass ich den Koffer nicht mitgenommen oder an Ort und Stelle geöffnet habe. Und damals schwor ich, mir sollte so etwas nie wieder passieren.

Ich fragte Henri nach dem Schlüssel, den der Alte ihm gegeben hatte.

»Hier«, sagte er. »Lass mich bloß in Ruhe damit.«

Ich steckte ihn ein und nahm mir vor, in den nächsten Tagen zum Bahnhof zu fahren. Aber erstmal hatten wir Hunger, und Henri brachte das Gespräch wieder auf meinen Vater.

10 – SIGOURNEY WEAVER

Als ich die Tür aufschloss, vernahmen wir Stimmen in der Wohnung.

»Ich glaube, dass die Geschichte auch deswegen so bewegend ist, weil man eben nichts findet, was auf Konflikt deutet«, sagte eine Frauenstimme, als wir eintraten. »Die Köchin und die Lehrerin, denen ist es dann doch wohl unheimlich geworden am Abend, und sie haben nicht mitgegessen. Das heißt, es haben nur die Kinder das Pilzgericht gegessen und nur die Kinder sind gestorben.«

Der Fernseher. Ich hatte vergessen, den Fernseher auszuschalten!

»Was läuft denn da?« Henri streifte seine Schuhe ab. »Wo ist die Fernbedienung?«

»Diese Geschichte erzählt davon«, sagte die Stimme weiter, »wie der Krieg dazu führt, dass auf die Kinder nicht aufgepasst werden kann.« Wir standen im Wohnzimmer und schauten auf den Bildschirm. Die Frau im Fernseher war dunkelhaarig und saß in einer Bar oder einem Café. Sie trug eine Halskette aus roten Ringen. Interviewt wurde sie von einem Mann, den wir nicht sehen konnten, da er sich hinter oder neben der Kamera befand. »Der Pilz ist eben die Pflanze der Verführung. Er wächst im Wald. Der Wald ist etwas, wo Feen und Zwerge hausen.«

Henri ließ sich in Papas Sessel fallen. Ich ging in die Küche und schob zwei Pizzas in den Ofen. Und weil ich müde war und nicht wusste, was ich machen sollte, setzte ich mich auf den Küchenboden vor den Herd, lehnte die Stirn an den Metallgriff und sah zu, wie der Käse auf der Pizza Funghi langsam schmolz. Pizza gab es sonst immer nur mittwochs. Papa konnte ganz passabel kochen. Meist versuchte er sich an chinesischen Gerichten, weil ihm die am besten schmeckten und die asiatische Küche angeblich die gesündeste der Welt ist. Aber jeden Mittwoch ging er mit Rocco in seine Stammkneipe, »auf einen Wein«. Rocco ist Papas bester Freund. Sie sagen zwar Wein, aber tatsächlich trinken sie Bier und auch nicht nur eins. Einmal habe ich sie nachts unten auf der Straße singen hören.

Wenig später saßen Henri und ich am Küchentisch. Um die Lampe schwirrte eine Fliege.

»Pilze sind mir ab sofort unheimlich«, sagte Henri und pulte mit seiner Gabel die grauen Champignons unter dem Käse hervor. »Aber diese Frau, was die alles weiß. Professorin für Literatur oder so. Und die Geschichte mit den Pilzkindern ist wahr, sagt sie. Es sind damals 30 Kinder gestorben, weil keiner die giftigen Pilze erkannte. Im Ersten Weltkrieg war das.«

Henri stapelte seine gesammelten Pilze, die alle die gleiche Form und Farbe hatten, auf der Tischplatte neben dem Teller. »Die Kinder waren während des Krieges für mehrere Monate in einem Heim auf dem Land, weil es in ihrer Heimat nichts zu essen gab. Und alle starben, kurz bevor der Krieg zu Ende war. Sind alle im Sarg zurück zu ihren Familien.«

Nach dem Essen ging ich unter die Dusche. Dann legte ich mich auf mein Bett und schlief ein. Als ich die Augen öffnete, blickte ich in mein Gesicht. Ich blinzelte und sah wieder nur mich wie ich blinzelte. Vor mir schwebte ein kleiner Bildschirm. Henris Handy.

»Wir schmeißen eine Party«, beschloss er. »Rutsch mal.«

Es war kurz vor Mitternacht. Er schob mich an die Wand, legte sich neben mich aufs Bett und hielt sein Telefon über unsere Köpfe.

»Nimm das weg.« Ich war nur halb wach und drehte Henri den Rücken zu. Die Raufasertapete neben dem Kopfkissen hatte dunkle Flecken. Ich fuhr mit den Fingern darüber wie über Blindenschrift. Den Bereich kannte ich gut. Eine Landkarte für eine unbekannte Gegend.

»Wir *müssen* eine Party schmeißen«, sagte Henri. »Wir haben nicht alle Tage eine Wohnung nur für uns. Wie lange bleibt dein Dad bei deiner Tante?«

»Ich weiß nicht«, sagte ich. »Ein paar Tage?«

»Wir machen es so«, Henri fixierte mich, »ich erstelle eine Veranstaltung für Freitag, okay? Wer soll alles kommen? Maja, *the funny little lady*?«

»Du nervst«, sagte ich, stemmte meine Hände und Füße gegen die Wand und drückte Arme und Beine durch. Hinter mir fiel Henri aus dem Bett.

»Was ist denn los mit dir?«, fluchte er.

»Eine Party?«, rief ich und zog die Bettdecke über meinen Kopf. »Was für eine Scheißidee!«

Die Partys, auf die ich normalerweise ging, hießen Geburtstagsfeiern, bei denen es Kuchen gab und Kekse, und um sieben Uhr abends ging man mit einer Tüte Gummibären nach Hause oder wurde von den Eltern abgeholt. Mir war natürlich klar, dass es auch Partys gab, auf denen man Alkohol trank und so, Partys ohne Luftballons. Aber auf solch einer Veranstaltung war ich noch nie gewesen und was alle daran so begeisterte und vor allem, wie man eine Party vorbereitete, davon hatte ich keinen Schimmer. Dazu kam meine Tendenz zum Versumpfen. Mein Organismus hatte keinen Eigenantrieb. Als wäre er sein eigener, natürlicher Feind. Henri war da anders. Er war es gewohnt, sich zu nehmen, was er wollte. Ich war es gewohnt, nicht zu wissen, was ich wollte.

»Dingdong? Was zur Hölle ist los mit dir?« Henri kratzte außen an meinem Bettzelt. »Träumst du oder was?«

»Und was ist mit Mathe?«, fragte ich, ohne die Bettdecke vom Kopf zu nehmen.

»Wer ist dieser Mathe?«, fragte Henri.

»Na, die Klausur unter Prüfungsbedingungen«, sagte ich, »nach den Ferien.«

»Ach, scheiß der Hund drauf«, sagte Henri und zupfte an meinem Umhang. »Wir haben hier eine freilaufende Wohnung unter idealen Bedingungen. Die sollten wir studieren! Was wir bis jetzt nicht gelernt haben, bekommen wir eh nicht mehr in unsere hübschen Köpfe.«

»Meinst du?«

»Wir müssen über die Schulzeit hinausdenken«, rief Henri. »Wir brauchen Visionen!«

»Das klingt wie eine Krankheit«, sagte ich. »Doktor Pilz, ich habe Visionen. Können Sie da was machen?«

Schließlich zog ich die Decke vom Kopf und sagte, ohne vorher darüber nachzudenken, was ich eigentlich sagen wollte: »Ja, nein. Also gut, schmeißen wir 'ne Party.«

»Now we're talking«, zwinkerte Henri. »Aber …«

»Aber?«

»Das kann nicht alles sein«, sprach er weiter. »Es ist buchstäblich verboten eine lahme Party zu veranstalten.«

»Ach«, sagte ich. »Wie hoch ist denn die Strafe für lahme Partys?«

»Nicht so sarkastisch«, sagte Henri. »Was wir brauchen ist ein i-Tüpfelchen, verstehst du?«

»Nein«, sagte ich, »verstehe ich nicht. Party schreibt man mit Ypsilon.«

»Wir brauchen etwas Einmaliges«, Henri erhob sich und kratzte seinen Hinterkopf. »Etwas Ypsilonisches. Party mit Filmpremiere!«

»Ich weiß nicht«, sagte ich.

»Bevor du kalte Füße bekommst«, beschwichtigte Henri mich, »beantworte mir drei Fragen.«

»Okay.«

»Haben wir die Technik?«, fragte er.

»Ja«, sagte ich zögernd. »Das schon.«

»Haben wir die perfekten Räumlichkeiten?«

»Na ja«, sagte ich. »Lass es mich so sagen: Wir haben *Räumlichkeiten*.«

Henri streckte die Arme aus und kitzelte die Luft mit seinen Fingerspitzen. »Sind wir im besten Alter?«

Ich verdrehte die Augen.

»Alles in allem, also unterm Strich«, resümierte Henri. »Der Zeitpunkt ist ideal.«

»Bla, bla«, sagte ich.

»Das wird *ypsilonisch*!« Henri sprang auf, dribbelte einen unsichtbaren Basketball durchs Zimmer, setzte zum Dreipunktewurf an und versenkte den Ball im Korb. Als er fertig war, setzte er sich seitlich aufs Bett und sah mich an, als sei ich Patient in einem Krankenhaus und er mein behandelnder Arzt.

»Übrigens, ich habe das WLAN gecrasht.«

»Wie bitte?«, sagte ich und richtete mich auf. »Was ist passiert?«

»Beruhige dich«, sagte Henri und drückte mich zurück aufs Kissen. »Als ich den PIN abtippen wollte, ist Cola ins Modem gelaufen.«

»Ich hasse dich«, sagte ich und rieb mir die Augen. »Ist dir klar, was das bedeutet?«

»Ja, ja. Wir haben eh keine Zeit zum Zocken«, behauptete Henri. »Und wenn wir einen Film sehen wollen, nehmen wir einen aus der Sammlung deines Vaters.«

»Mein Dad hat nur Mist«, sagte ich. »In allen Filmen, die er hat, spielt dieses Gemüse mit. Chicorée oder so. Die geht mir so was von auf die Nerven.«

Dazu muss ich Folgendes erzählen. Über dem Esstisch in der Küche befindet sich unsere Ahnengalerie. So nennt das mein Vater. Dort sind Fotos an der Wand von uns, unseren Verwandten und von Freunden. Über den Großeltern hängt ein Bild, auf dem meine Mutter zu sehen ist. Eine Schwarzweißaufnahme. Sie läuft einen Trampelpfad entlang, im Hintergrund der Himmel, darunter Berge und ein großes Wasser, irgendein Meer. Es muss Sommer gewesen sein, als dieses Foto entstand, denn meine Mutter trägt ein dunkles Shirt und eine helle, weite Hose, aus Leinen, schätze ich, und sie blickt gut gelaunt in die Kamera. Mein Vater läuft neben ihr, er sieht nicht in die Kamera, er schmachtet Mama von der Seite an oder will sie küssen. Beide sind barfuß, es sieht aus wie ein Urlaubsfoto. Ich glaube, Rocco hatte es aufgenommen. Und mein Vater zeigt gern auf dieses Bild, wenn er jemandem, meistens mir, erklärt, meine Mutter hätte verblüffende Ähnlichkeit mit Sigourney Weaver gehabt. Aus diesem Grund hat mein Vater, seit Mama nicht mehr da ist, nach und nach alle Sigourney-Weaver-Filme gekauft. Erst auf Videokassetten und später die DVDs. Aber ich habe andere Fotos gesehen, auf denen meine Mutter zu sehen ist, und ich habe »Sigourney Weaver jung« gegoogelt, und finde das großen Quatsch, also das mit der Ähnlichkeit. Ich mag Sigourney Weaver nicht, das ist der wahre Grund, und deshalb nenne ich sie Chicorée Whatever. Das ist nicht sehr originell, ich weiß, und es ergibt auch keinen Sinn, aber mir hilft es irgendwie.

»Die erste Party deines Lebens …« Henri hob die Arme in die Höhe, als würde er einen Schriftzug in die Luft pinnen. »Mit Filmvorführung! Glaub mir, das wird legendär. Davon wirst du später deinen Urenkeln erzählen.«

»Welchen Film willst du denn zeigen?«, fragte ich.

»Was für eine Frage«, sagte Henri, »den. wir. zusammen. drehen.«

»Dein Ernst?«

»Mein voller Ernst«, sagte Henri.

»Und worum soll es gehen, in unserem Film?«, fragte ich.

»Ein Kurzfilm wird das«, sagte Henri. »Mehr Zeit ist nicht. Ich habe einen Plan. Wir drehen in Onkel Falcos Hotel. Ich rufe ihn gleich an, er hat sicher nichts dagegen. Ich rechne mit zwei Drehtagen, morgen und übermorgen. Donnerstag schneiden wir das Material. Und am Freitag – tadaa – Filmpremiere.« Er sah mich mit stechenden Augen an, als wollte er mich hypnotisieren.

»Wir machen das«, rief er. »Für die Party. Für Maja!«

»Ich habe einen Plan, ich habe einen Plan«, äffte ich ihn nach.

Zwei Teenager drehen einen Film? Ich dachte in diesem Moment, Henri hat doch nicht mehr alle Datteln an der Palme. Das schien mir jedenfalls eine Nummer zu größenwahnsinnig. Und was, wenn diese Party völlig ausartete? Wäre ja nicht das erste Mal, dass so was passiert. Oder wenn jemand das Haus abfackelte? Den ganzen Straßenzug? Und Feuerwehr und Polizei und alles? Nicht auszumalen. An dieser Stelle will ich aber erstmal von Maja erzählen. Denn das war, um bei der Wahrheit zu bleiben, neben dem Kladderadatsch mit meinem Vater zurzeit so ein Reizthema bei mir.

There we go …

11 - MAJA

Wenn alles, also wirklich alles, was uns ausmacht und was uns umgibt, mit dem Urknall begonnen hat und die staubkornkleine Erde seit Milliarden Jahren durch das sich ständig vergrößernde Universum trudelt – dann ist es definitiv der beste Zufall aller Zeiten, dass Maja und ich in dieselbe Klasse gehen.

Eigentlich heißt sie Margarete. Margarete Bauer. Keine Ahnung, was sich ihre Eltern dabei dachten, ihre Tochter Margarete zu nennen. Ihr Faible für Blumen? Nostalgie? Aber Maja ist glücklicherweise der perfekte Spitzname. Wer auch immer den etabliert hat, hätte einen Orden oder so was verdient. Margarete, so heißen doch nur Großmütter, dachte ich noch vor zwei Jahren. Aber ehe ich mich versah, stieg der Name in meiner Rangliste nach oben, bis er schließlich über den ersten Platz hinausschoss wie eine Rakete, die die unendlichen Weiten erforschen will.

Maja ist das schönste Mädchen weit und breit. Wenn ihr wissen wollt, wie sie aussieht, googelt einfach *Nora Tschirner*. Denn Nora Tschirner kommt ganz nah ran an Maja. Noch nicht einmal die Löffler, unsere Englischlehrerin, kann ihr das Wasser reichen. Und auf die Löffler stehen wirklich alle. Auch die Lehrer. Besonders, wenn sie das blaue Kleid anhat. Maja trägt gern Pullover oder Strickjacken. Und zwar auf die Art, dass an den

Ärmeln nur die Fingerspitzen rausschauen. Das macht mich ganz verrückt und hoffentlich hört sie nie damit auf. Die meisten Mädchen werden später ja zu Frauen, die penibel darauf achten, dass jedes Kleidungsstück ganz genau passt, also farblich und nicht zu lang oder zu kurz. Aber das ist megalangweilig. Meine Meinung.

Eine weitere Attraktion sind Majas Haare. Wie ihre Klamotten sehen ihre Haare immer unordentlich und großartig zugleich aus. Ich habe versucht, das zu begreifen, aber das ist gar nicht so einfach. Denn dieses Phänomen widerspricht allen gängigen wissenschaftlichen Erkenntnissen. Die Grundlage für Schönheit, das haben wir in Kunst gelernt, ist angeblich Symmetrie. Das bedeutet eine gewisse sinnliche Ordnung oder harmonische Logik oder so was. Vielleicht bringe ich da auch was durcheinander. Bei Maja jedoch ist nichts logisch und auch nicht ordentlich, und dennoch ist sie das Schönste, was ich je gesehen habe.

Und ich will sie heiraten. *So ein Quatsch*, denke ich dann immer, ich habe gar keine Ahnung vom Heiraten oder vom Verheiratetsein. Aber wenn die Gelegenheit da wäre, ich würde sofort Ja sagen und dann abwarten, was passiert.

Majas Eroberung wird jedenfalls mehr und mehr zu meiner Lebensaufgabe. Ich bin ständig damit beschäftigt herauszufinden, wie ich sie dazu zu bringen kann, mich zu mögen. Dabei weiß ich überhaupt nicht, wie man das anstellt. Bis dato wollte ich noch nie jemanden dazu bringen, sich für mich zu interessieren, geschweige denn, mich zu mögen. Das bekomme ich ja selbst kaum auf die Reihe.

Die passende Beschreibung für mein Selbstbild ist die eines indigenen Volkes. In einem Artikel habe ich gelesen, der

Stamm der Sentinelesen hat bis heute jeden Eindringling getötet, der es versuchte, ihre Insel im Indischen Ozean zu betreten und Kontakt mit ihnen aufzunehmen. So fühle ich mich: Wie ein von der modernen Gesellschaft isoliertes Lebewesen. Eine Boje in einem riesigen Meer. Chuck Noland auf seiner Südseeinsel. Einzig und allein Maja scheint meine Seenotrettung.

In der Grundschule hat mich zum Beispiel ein seltsamer Spleen beherrscht. Auf dem Weg zur Schule oder zum Schwimmtraining versuchte ich zwanghaft nicht auf die Ränder der Gehwegplatten zu treten. Sämtlichen Linien, die auf dem Boden vor mir erschienen, galt es auszuweichen. Falls ein Schuh eine verbotene Stelle berührte, musste ich den Wegabschnitt noch einmal sauber absolvieren. Immer in der Hoffnung nicht beobachtet zu werden, denn dieses Verhalten war mir hochgradig peinlich. Auf meinen Wegen konzentrierte ich mich lange Zeit auf nichts anderes. In unserem Stadtteil konnte ich meine »Störung« relativ gut ausleben. Es gab hauptsächlich große quadratische oder rechteckige Gehwegplatten mit deutlich erkennbarer Umrandung. Die Innenstadt aber war die Hölle. Mit ihren Kopfsteinpflasterflächen überforderte sie mich jahrelang. Kurze Zeit hatte ich parallel zum Linien-auf-dem-Boden-ausweichen auch die Anzahl meiner Schritte gezählt. Das linke Bein musste immer beginnen. Demnach war Links für die ungeraden und Rechts für die geraden Zahlen verantwortlich. Ich habe sogar die Schritte anderer, mir völlig fremder Personen gezählt. Normal war was anderes. Damals war ich überzeugt, auf einem gänzlich ungeeigneten Planeten geboren worden zu sein. Oder: Ich hatte einen massiven Hirnschaden.

Von Zeit zu Zeit träume ich vor dem Einschlafen von Maja.

Dann gerät sie meist in Gefahr. Ihre Verfolger sehen aus wie die Orks aus *Herr der Ringe*. Manche kommen auf Motorrädern angefahren, um die Schöne zu kidnappen und Lösegeld zu erpressen. »Oh nein!«, ruft Maja in meinem Traum mit aufgerissenen Augen. »Was sollen wir jetzt tun?«

»Überlass das mir«, antworte ich mit tiefer Stimme und schiebe sie behutsam aber bestimmt beiseite. Mit meinem Laserschwert enthaupte ich den ersten Widersacher. Ich stecke einen nach dem anderen in Brand oder schieße um mich. Eine Armee rollt da auf mich zu, Bataillone von Untoten, Wahnsinnigen und Kriegern aus aller Herren Länder. Während des Blutbades stoße ich Kampfschreie aus. Es wird ein Riesenmassaker. Nach dem glorreichen Sieg über den übermächtig erscheinenden Endgegner, einem Zyklopen so groß wie die Marktkirche, kommt die verängstigte Maja zu mir gelaufen. Sie hatte hinter Mauerresten Schutz gesucht und alles beobachtet. Nun betupft sie meine Wunden mit ihren Fingerspitzen, die aus dem Pulloverärmel herausschauen. Am anderen Ende des Schlachtfeldes geht die Sonne unter. Wir sind die einzigen Überlebenden dieser Ork-Zombie-Apokalypse. Es wird friedlich und ich lege meinen Arm um ihre Schultern. Sie lehnt ihren Kopf an meinen und sagt: »Ich wusste, du wirst es schaffen.«

Ist Maja in der echten Welt in meiner Nähe, also im Klassenraum oder beim Sportunterricht oder wir stehen auf dem Schulhof beieinander, entsteht fast immer so ein Flimmern in der Atmosphäre. Den Begriff habe ich aus Astro, und er beschreibt relativ gut, was ich meine. Es ist wie ein Erdbeben, das nur ich wahrnehme. Mein Gehirn erhält in diesen Momenten eine Art Upgrade, eine Funktion, die ich sonst nicht abrufen kann. Ich nehme meine Umgebung dann in Zeitlupe wahr und speichere alles detailliert ab, was vor meinen Augen geschieht. Wenn ich später in meinem Zimmer bin, kann ich mir den ganzen Film noch einmal ansehen. In Ultra-HD.

Mein größter Wunsch ist irgendwann mit Maja zusammen zu leben. In meiner Vorstellung lehnt sie morgens in unserer Küche und trinkt Kaffee. Und dabei trägt sie eines meiner T-Shirts, und wir unterhalten uns über das Verhältnis von Logik und Ästhetik oder über die armen Kinder im Ersten Weltkrieg.

12 - NAZIZOMBIES

Draußen jagte ein Blitz über den Himmel. Gefolgt von einem Donnerknall. Wir zuckten zusammen. Ich öffnete das Fenster neben meinem Schreibtisch. Die Autos auf der Straße standen in den üblichen Reihen, keine Menschen weit und breit, ein oft gesehenes Stillleben. Der Himmel dagegen sah spektakulär aus, fast schwarz und wie von unten angestrahlt. Es rumorte und blitzte in kurzen Abständen. Der Regen hatte noch nicht eingesetzt. Aber man konnte ihn schon spüren.

Henri meinte es ernst mit der Party und dem Film. Die Wohnung erklärte er zu unserem Basislager, in dem wir uns bewegten wie Bergsteiger am Fuße eines Berges, den sie dringend bezwingen wollten. Mein Zimmer war die Ruhezone, das Wohnzimmer wurde zum Oval Office. Für die Küche gab es keine Regeln. Hier durfte jeder machen, was er wollte. Ich hatte beschlossen, Henris Anweisungen zu folgen. Seinem Eifer hatte ich nichts entgegenzusetzen.

»Onkel Falco hat grünes Licht gegeben«, rief er durch die Wohnung. Das hieß, wir durften am nächsten Tag ins Hotel kommen und mit unseren Aufnahmen loslegen.

Später durchsuchten wir die DVD-Sammlung meines Vaters. In der Kommode unter dem Fernseher fanden wir zweiundzwanzig Filme, in denen Sigourney Weaver mitspielt. Darunter natürlich *Alien, Ghostbusters* und die Affenschnulze *Gorillas im Nebel.* Außerdem einen französischen Streifen, dessen Titel ich nicht aussprechen konnte. Wir schleppten alles in die Küche und ich machte mich stark für den Franzosen.

»Dieser Titel, wie spricht man das aus?« Ich wedelte mit der DVD-Hülle vor Henris Gesicht herum. »Wir müssen herausfinden, was er bedeutet.«

»Also gut«, sagte Henri, stellte Teller und Gläser in die Spüle und legte den Film ein.

Der Laptop stand auf dem Küchentisch. Ich setzte mich auf die Arbeitsfläche neben dem Herd und lehnte mich an die geflieste Wand. So konnte ich den Bildschirm und an der Obstschale vorbei durch das Fenster in den Innenhof sehen. Mittlerweile prasselten Regentropfen auf das Dach der kleinen Holzhütte, in die Frau Künzel aus dem Erdgeschoss ihre Gartenstühle stellte. Ein kleiner, schwarzer Vogel huschte durch den Regen.

Der Film begann mit der Ansicht eines Wohnhauses, vor dem zwei Autos parkten. Minutenlang sah man nichts anderes. Man erfuhr nicht einmal, in welcher Stadt das spielt. Zweite Szene: eine Familie beim Essen. Mutter, Vater, Kind. In der dritten Einstellung kreischten Kinder im blauen Becken einer Schwimmhalle. Danach erschien wieder das Haus an der Straßenecke, diesmal war es Abend oder Nacht. Alles in allem ziemlich deprimierend. Es stellte sich heraus, dass ein Unbekannter das Haus der Familie filmte und ihnen die Videokassetten in den Briefkasten warf.

Nach zwanzig Minuten tauschte ich einen Blick mit Henri. »Abbruch?«

Er nickte.

»Horrorfilm«, sagte Henri und schaltete das Licht über dem Herd an. »Alle guten Regisseure haben mit Horrorfilmen angefangen.«

Der Wind drückte den Regen gegen das Küchenfenster. Dort draußen kam eine Wand aus Wasser runter. Ich stellte mir vor, wie der Innenhof sich allmählich füllte – ein riesiges Aquarium, in dem Gartenstühle, Bälle und Fahrräder schwammen.

»Nenn mir einen«, sagte ich.

»David Lynch zum Beispiel«, sagte Henri. »Oder David Fincher.«

In zwei Fenstern im gegenüberliegenden Haus, ein Stockwerk tiefer, brannte Licht. Dort saßen ein alter Mann und eine alte Frau an einem runden Tisch. Sie aßen mit Messer und Gabel und tranken Wein aus großen Gläsern.

»Stell dir vor, der Opa da mutiert zum Zombie und frisst, statt Kartoffelbrei und Erbsen, seine Frau zur Hälfte auf.« Henri stand neben mir, eine Flasche Cola in der Hand.

»Und dann«, flüsterte ich, »macht er mit seinen Zombiekumpels eine Weltreise, auf der sie alles töten, was nicht bei zwei auf den Bäumen ist.«

»Ja, das geht in die Geschichte ein«, sagte Henri. »Später wird das heutige Datum bekannter sein als Nine Eleven.« Er verstellte seine Stimme. »26. März 2018, Tag der Großen Mutation. Es verwandeln sich aber nur alte Kriegsveteranen und die bilden eine riesige Zombiearmee und richten überall den Megaschaden an.«

»Ja, Nazizombies«, sagte ich und nahm einen Schluck Cola. »Aber es dauert, bis die Menschheit begreift, dass nur ehemalige Nazis zu Zombies geworden sind.«

»Anfangs weiß niemand, wie man sie aufhalten soll«, sagte

Henri. »Nazizombies sind hartnäckiger als die normalen. Kopf ab reicht da nicht.«

Ich googelte und fand heraus, dass der erste Zombiefilm »The White Zombie« hieß und 1932 gezeigt wurde.

»Viel zu spät stellt die UNO ein Expertenteam zusammen. Und da kommen wir ins Spiel«, raunte Henri. »Weil wir die erste Mutation beobachtet haben. Wir werden Zombiewissenschaftler, machen Experimente und finden raus, dass man die Bastarde nur mit Krav Maga besiegen kann.«

»Muhaha!«, rief ich. »Titel: Oma, Opa und die Nazizombies. Aber was ist Krav Maga?«

»So 'ne Kampfsportart«, sagte Henri.

»Wollen wir so was echt drehen?«, fragte ich.

»Nee, das kriegen wir nicht hin auf die Schnelle.«

Über den Himmel zog abermals ein Blitz. Er hatte die Form eines auf die Seite gekippten Ypsilons. So was hatte ich noch nie gesehen. »Das ist ein Zeichen!«, rief Henri. Bevor der Donner ertönte, war mit einem Schlag alles schwarz. Der Innenhof stockfinster. Der Laptop tauchte den Küchentisch in blaues Licht und der Kühlschrank machte glucksende Geräusche. Irgendwas schnappte nach meinem Oberschenkel.

»Was machst du da?«

»Was ist hier los?«, fragte Henri und nahm seine Hand zurück.

»Stromausfall, schätze ich.«

»Habt ihr Kerzen?«, fragte er.

»Sicher.« Ich tastete mich vor bis zur Besteckschublade und zog sie bis zum Anschlag auf. Ganz hinten lag eine Taschenlampe. Ich gab sie Henri und er hielt sich den Lichtkegel von unten gegen das Gesicht.

»Hattest du schon mal ein Geheimnis«, hauchte er, »dass du nicht ertragen konntest für dich zu behalten?«

Papa sagt, dass rund um die Erde ununterbrochen Gewitter ihr Unwesen treiben. Im Schnitt eintausendfünfhundert. Und man kann errechnen, wie viele Kilometer ein Gewitter entfernt ist, indem man die Anzahl der Sekunden, die zwischen Donner und Blitz liegen, durch drei teilt.

Das alte Pärchen im Haus gegenüber hatte Kerzen angezündet und sah wie ein doppelköpfiges, bebrilltes Monster zu uns herüber. Henri zog eine Grimasse im Taschenlampenlicht und winkte.

»Lass uns noch einen Film ansehen«, sagte ich, »bevor der Akku vom Laptop schlapp macht.«

Henri leuchtete auf die Hülle einer DVD. »Den hier!«

Auf dem Cover waren zwei Typen zu sehen, die auf einer Videokassette surften. Darunter stand der Titel: »Abgedreht«.

»Hör dir das an.« Henri las den Klappentext vor. »Durch einen Unfall löscht der vertrottelte Jerry, blabla, alle Kassetten in der Videothek seines Freundes, bla, drehen sie den Film kurzerhand selbst.«

»Spielt Sigourney da mit?«, fragte ich.

»Nur in einer Nebenrolle«, sagte Henri. »Jetzt bleib mal schön geschmeidig. Das ist genau, was wir zur Vorbereitung für unseren Dreh brauchen!«

Und was soll ich sagen? Es war der beste Film, den ich je gesehen hatte. Wir waren danach ganz aus dem Häuschen und konnten die Dreharbeiten kaum erwarten.

Aufgekratzt gingen wir ins Bett. Es war kurz nach zwei Uhr. Nachdem wir uns beruhigt hatten und schlafen wollten, war der Strom wieder da und alle Lampen gingen schlagartig an.

Die ganze Wohnung strahlte. Ich lief barfuß durch die Räume, löschte das Licht und legte mich mit kalten Füßen zurück ins Bett. Nun war die Müdigkeit wie weggeblasen und mein ganzer Körper fing zu kribbeln an, als wäre eine Horde Feuerkäfer in ihm erwacht. Oder als wäre mein Körper elektrisiert vom wiederkehrenden Strom. Ich dachte an Maja. Woran sonst? Papa sagt, sämtliche Zellen des menschlichen Körpers werden mehrmals innerhalb eines Lebens ausgetauscht. Das heißt Biochemie und sei wohl ganz normal bei Säugetieren. Meine Zellen und die neu hinzugekommenen sind jedenfalls Schwächlinge. Allesamt vom Majavirus infiziert.

»Hallo?«, blaffte Henri. Er lag neben meinem Bett auf einer Isomatte und plante die Party. Aus der Öffnung seines Schlafsackes leuchtete das Display des Handys. »Wen wir noch einladen wollen, hab ich gefragt.«

»Na, die üblichen Verdächtigen«, sagte ich, verschränkte die Arme hinter dem Kopf und schaute zur Zimmerdecke, an der das Licht der Straßenlaternen komische Muster zeichnete. »Micha, Nico, Marvin, Tino. Lukas und Felix. Jenny, Freya und Kati natürlich. Nina nicht zu vergessen.«

»Stimmt, auf keinen Fall darf Nina fehlen. Und Maja vielleicht, Zwinkersmiley?«

»Nee, lass mal, die nicht«, sagte ich und boxte in die Mitte von Henris Schlafsack. »Hast du eigentlich ihre Nummer?«

»Ja«, sagte er. »Hat mir Alma geschickt.«

»Her!« Ich hielt Henri meine Hand hin. Koste es, was es wolle, ich brauchte diese Nummer. »*Ich* will sie einladen.«

Henri tat, als hätte er mich nicht gehört, und wischte auf seinem Handy herum. Geräuschlos, wie ein Vietkong, der im Dschungel einen GI erledigen will, ließ ich mich auf Henris

Schlafsack fallen. Er stöhnte. Ich nutzte den Überraschungsmoment, entriss ihm das Telefon, lief ins Badezimmer und schloss mich ein. Während Henri gegen die Tür hämmerte, tippte ich die Nummer in mein Handy. Ich hatte sie, Majas Telefonnummer! Die Zahlenfolge war wunderschön. Niemals würde ich sie vergessen! Ich schrieb sofort eine SMS. Einen Moment zögerte ich und überlegte, ob es nicht besser wäre mir zwei, drei Stunden Bedenkzeit einzuräumen, um die richtigen Worte zu finden. Andererseits hätte ich im Badezimmer bleiben müssen, da Henri davor lauerte. Also tippte ich drauf los: Sie sei herzlich eingeladen, ich würde mich freuen, wenn sie käme, Freitag, gegen 20 Uhr, Ulestraße, liebe Grüße, Leo.

Ich hatte in Trance gehandelt. Mir war schlecht, als hätte ich tagelang nichts gegessen. Ich legte die Telefone auf meine Oberschenkel und setzte mich auf meine zitternden Hände. Jetzt gab es kein Zurück mehr. Wir *mussten* den Film drehen. Und wir *mussten* die Party schmeißen. Meine von der Außenwelt bislang weitgehend abgeschirmte Insel würde Besucher empfangen. Und Maja würde unter ihnen sein. Zimmer aufräumen, war mein erster Gedanke. Ich nahm mir vor, mein Zimmer aufzuräumen und mal wieder Zahnseide zu benutzen. Im nächsten Moment vibrierte das Telefon auf meinem rechten Oberschenkel. Jemand rief an. Um zwei Uhr in der Nacht! Es war Tante Lisa. Na toll.

13 - SCHNEE VON GESTERN

Tante Lisa schluchzte laut ins Telefon und ich dachte im ersten Moment, sie hätte mich vielleicht versehentlich angerufen. Aber dann konnte ich hören, wie aufgebracht sie war und nach Worten rang, als hätte ihr jemand im Vorbeigehen die Handtasche geklaut. Nachdem sie sich ein wenig beruhigt hatte, verstand ich: Papa ist verschwunden. Er habe ihre Wohnung verlassen, ohne dass sie es bemerkt hatte, und er habe ihr Handy mitgenommen. Sie könne es nirgends finden und offenbar sei es ausgeschaltet. Sie hatte versucht anzurufen. Nach unserem Telefonat wollte sie zur Polizei gehen und ihn vermisst melden. Im Grunde sei er ja seit gestern abtrünnig. Außerdem werde sie sich ein neues Telefon kaufen, damit sie erreichbar ist. Wir nahmen uns vor, so oft wie möglich auf ihrem alten Handy anzurufen, ansonsten bliebe wohl nur warten und hoffen, dann legten wir auf.

Irgendwann stand ich auf, ging aus dem Badezimmer und teilte Henri beiläufig mit, mein Vater sei verschwunden.

»Ach nee«, sagte Henri. »Bist du jetzt verwirrt? Das ist doch Schnee von gestern.«

»Jetzt ist er wirklich weg«, sagte ich. »Verschwunden verschwunden. Tante Lisa war am Telefon. Sie weiß nun auch nicht mehr, wo er ist.«

»Wieso sagst du das erst *jetzt*?«

Ich erzählte ihm von dem Gespräch mit Tante Lisa, dass die einzige Spur ihr Handy sei, da Papa es vermutlich bei sich hat, aber es sei ausgeschaltet. Jedenfalls kein Freizeichen oder wie das heißt. Mir war ganz anders, und Henri hielt ausnahmsweise mal die Klappe. Er ließ sich auf seine Isomatte fallen und hörte zu. Und als ich fertig war, schnarchte er.

Dieses Mal blieb das Kribbeln aus. Weil ich wütend war auf Papa, der einen Haufen Mist baute. Ich meine, Papa macht gern mal ungewöhnliche Sachen, kocht eklige Gerichte aus exotischen Ländern und wir waren auch noch nie am selben Ort im Urlaub – immer wollte er was Neues sehen und erleben. Aber in letzter Zeit nahm seine Spontaneität Ausmaße an, die eher besorgniserregend waren. Und er sprach seine Alleingänge nicht mehr mit mir ab, das war der eigentliche Punkt. Wenn ich mal die Kommunikation zwischen uns schleifen ließ, durfte ich mir aber was anhören.

Um mich abzulenken und weil ich abwarten wollte, ob Maja auf meine SMS antwortete, googelte ich den Spruch, der auf dem T-Shirt des Supermarktkassierers gestanden hatte. Ganz oben bei den Suchergebnissen erschien ein Musikvideo mit dem gleichen Titel. Der Name des Sängers machte mich stutzig. Er lautete »Jens Friebe«. Hatte auf dem Namensschild des Supermarktkassierers nicht auch »Friebe« gestanden? Ich klickte auf Bildersuche, und tatsächlich sah der Typ aus dem Internet dem Kassierer erstaunlich ähnlich. Oder bildete ich mir das ein? Ich stöpselte meine Kopfhörer ein und hörte mir den Song mehrmals an. Und mit dem Gedanken, dass wir einem echten Musiker begegnet waren, der Videoclips drehte und Konzerte gab und alles, drehte ich mich auf die Seite und schlief ein.

14 - JÜRGEN VOGEL

»Eine Sony FS 700. Nicht mein Favorit, aber gut genug für unsere Zwecke.« Henri legte schwarze Kunststoffteile auf den Küchentisch und setzte sie gekonnt zu einer Kamera zusammen – wie Forrest Gump sein Gewehr bei der Army. Wir saßen beim Frühstück, einem Liter Milch und einer Packung Cornflakes, und besprachen die nächsten Stunden. Eine Fliege saß zwischen den Fotos an der Wand und lief zwischen Mama und einem Strandbild vom letzten Griechenlandurlaub herum.

Vor mir auf dem Tisch lag mein Handy. Für den Fall, dass eine Nachricht von Maja oder Papa einging. Rumsitzen und Warten erschien mir anstrengender, als mit Henri drei Filme zu drehen. Also hielt ich mich an seinen Plan. Wir veranschlagten acht bis zehn Drehstunden pro Tag. Henri wollte Regie, Kamera und Schnitt übernehmen, ich sollte die Hauptfigur spielen. Dass ich keine Ahnung von Schauspielerei hatte, war laut Henri absolut unerheblich.

»Ryan Gosling, Jürgen Vogel, brauchten die 'ne Ausbildung?«, fragte er und schob sich einen Löffel Cornflakes in den Mund. »Später will ich mit einer RED drehen, aber da kostet der Body allein fünfzehntausend. Mein Dad sagt, wenn ich die Hälfte zusammen hab, legt er den Rest obendrauf.«

»Ich habe keine Ahnung, wovon du da sprichst«, sagte ich,

nahm einen Schluck von Henris Kaffee und schüttelte mich. Er schmeckte bitter und ich spuckte ihn zurück in die Tasse.

Ich sah mich bereits am Filmset. Mit dem Drehbuch in der Hand ging ich zwischen den Kameras auf und ab. Hochkonzentriert. Jemand puderte mein Gesicht. Eine Klappe wurde vor mich gehalten, klack, und ein Megafon rief »Action!«.

»Gib mir lieber das Drehbuch«, sagte ich. »Ich muss meinen Text lernen.«

»Es gibt keinen Text«, sagte Henri. »Das wird ein moderner Stummfilm. Mit Musik.«

»Auch gut.« Ich rieb meine Hände aneinander. »Wie heiße ich denn? Also die Figur?«

»Das spielt keine Rolle«, sagte der Regisseur.

»Wie dumm ist das denn?«, rief ich und hob die Augenbrauen wie die Wittich, wenn jemand in der Klasse mal wieder überhaupt nicht aufgepasst und sich irgendeine endbescheuerte Antwort ausgedacht hatte.

»Dumm ist der, der Dummes tut«, sagte Henri.

»Was soll das denn für ein Film sein?«, nörgelte ich. »Ein Anfänger spielt eine namenlose, stumme Hauptfigur? Wird wohl eher so postmodern.«

»Also, wenn du es genau wissen willst, es gibt kein Drehbuch.« Henri nahm einen Schluck aus seiner Tasse. Das Ganze sei eine fixe Idee, die allerdings seit Langem in seinem Kopf wabere und in letzter Zeit konkrete Formen angenommen habe.

»Jedes Detail, der ganze Ablauf, hier drin.« Er tippte sich mit zwei Fingern an die Stirn. »Ich arbeite da seit Wochen dran. Ach, was sag ich, seit Monaten!«

»Ich glaube dir kein Wort«, sagte ich gereizt. Wir hatten noch keine Szene im Kasten, übermorgen sollte die Party steigen und bisher keine Lebenszeichen von Maja. »Können wir endlich los?«

Henri verschwand im Bad. Im Wikipedia-Eintrag zu Sigourney Weaver zählte ich mehr als 70 Filme, in denen sie in den letzten vierzig Jahren mitgespielt hat. Das waren weniger als zwei Filme pro Jahr. Klang nach einem entspannten Job. Die Sache lag auf der Hand: Ich sollte die Chance nutzen und Schauspieler werden.

»Wir brauchen noch Mehl, Kakaopulver und rote Lebensmittelfarbe«, rief Henri durch die geschlossene Badtür. »Außerdem Lederhandschuhe und ein großes Handtuch.«

»Wozu das denn?«, fragte ich.

»Erkläre ich dir vor Ort.«

»Kakao und Handtuch sind kein Problem«, rief ich und durchsuchte die Küchenschränke nach den anderen Zutaten. In einer Plasitkbox fand ich Mehl und Ostereierfarbe. Die Handschuhe nahm ich aus Papas Schrank. Die Fliege surrte mir ständig dazwischen. Ich schlug nach ihr, aber sie entwischte.

15 - RYAN GOSLING

Wir fuhren nach Norden aus der Stadt. Henri auf dem Rad meines Vaters, die Kamera in einem Rucksack auf dem Rücken. Ich transportierte einen Regenschirm, Verteilerdosen und allerlei Kabel, den Laptop und die Requisiten. Wir fuhren die Reilstraße entlang und Henri sprach über einen seiner Lieblingsfilme: *Drive*. Dreimal hatte er mich schon überredet, diesen Film zu sehen. Überhaupt gab es für Henri nur einen bedeutenden Schauspieler: Ryan Gosling. In Henris Filmuniversum existierte auch nur ein wahrlich großer Regisseur: Quentin Tarantino. Ein Jammer, dass die beiden noch nicht zusammengearbeitet hätten, klagte Henri in regelmäßigen Abständen.

»Überleg dir das, 15 Millionen hat *Drive* damals gekostet. Also Dollar«, sagte Henri, als wir am Arbeitsamt vorbeifuhren. »Und eingespielt hat er über 70. Allein an der Kinokasse. DVD und so nicht mitgerechnet.«

»Unser Film darf höchstens 15 Euro kosten«, warf ich ein.

»Es ist eine Schande, dass *Drive* nur *eine* Oscar-Nominierung hatte damals, und dann auch nur für den besten Tonschnitt«, rief Henri hinter mir, als wir den Eingang des Zoos passierten.

»Ja, stimmt«, rief ich. »Die Hollywood-Dudes haben doch alle keine Ahnung!«

Wir kamen an Schrottplätzen vorbei und leer stehenden

Lagerhallen, vergessenen Garagen und stillgelegten Bahngleisen. Rund um eine Fabrik, in der Hundefutter hergestellt wurde, stank es nach faulen Eiern. Dahinter ein Baumarkt und leere, zweigeschossige Wohnhäuser am Straßenrand. Voll mit Graffiti und eingeworfenen Fensterscheiben.

»Bist du sicher, dass wir nicht zu weit gefahren sind?«, fragte ich.

Henri schüttelte den Kopf, zeigte geradeaus und fuhr mit seinem Referat über die Filmindustrie fort.

»Nicht ausreichend genug gewürdigt wird ja die technische Neuerung, die der Kameramann Garrett Brown damals etablierte. Die Steadycam!«, rief Henri über die Straße. »Du weißt doch, was das bedeutet? Bildstabilisatoren!«

Steadycam? Bildstabilisatoren? Wovon redete Henri da? Ich hörte nur noch mit einem Ohr hin und versuchte mir vorzustellen, was mein Vater gerade tat. Ob er auch mal an mich dachte? Oder an Tante Lisa? Vielleicht hatte die Demenz längst die Kontrolle übernommen und manövrierte Papa – einer Schlenkerpuppe gleich – ziellos durch die Welt. Dabei hatte er normalerweise gern die Kontrolle, also nicht so krankhaft, sondern auf ganz gesunde Art. Er kümmerte sich um unseren Haushalt, kochte, rief Tante Lisa regelmäßig an, fragte mich wie es in der Schule lief, ging zu jedem Elternabend. Auch nach Henri erkundigte er sich und er plante gern Unternehmungen und Urlaube für die Ferien. Was trieb Papa jetzt so allein da draußen?

Nach knapp einer Stunde hatten wir die letzten Ausläufer der Stadt hinter uns gelassen. Wir fuhren über alte Landstraßen und Bahntrassen. Rechts und links erstreckten sich gelbe und grüne Felder, dazwischen kleine Baumgruppen und am

Horizont Windräder. Neben einer menschenleeren Bushalte-
stelle kündigte ein Schild die Gemeinde Petersberg an. Wir
fuhren in gemütlichem Tempo und Henri war still geworden.
Meine Beine und der Rücken schmerzten, ich war das Rad-
fahren nicht gewohnt, und als eine Imbissbude am Rande
eines kleinen Dorfes auftauchte, fand ich, es sei Zeit für ein
zweites Frühstück und gab Henri ein Zeichen. Wir schlossen
die Räder aneinander und gingen in den mit Holz vertäfel-
ten Container. Hinter der Glastheke stand eine junge Frau.
Sie hatte lange schwarze Haare und sah super aus. Wie Sibel
Kekilli in *Game of Thrones*. Als sie uns bemerkte, legte sie die
Hände flach auf den Tresen. Es roch nach Bratfett und frisch
gehackten Zwiebeln.

»Guten Tag«, sagte ich und bestellte Pommes und Cola.

»Und du?«, fragte sie in Henris Richtung.

»Ich nehme die Riesencurrywurst« sagte er und grinste
breit. »Darf ich dich was fragen? Wir machen eine Umfrage
für unsere Schülerzeitung. Wenn du dich entscheiden müsstest: Ryan Reynolds oder Ryan Gosling?«

Sibel Kekilli rollte mit den Augen. »Noch'n Getränk dazu?«

»Schon gut.« Henri hob beschwichtigend die Hände.

Wir setzten uns auf weiße Plastikstühle an einen weißen
Plastiktisch. An der Wand neben uns hing ein Spielautomat.
Vor dem Automaten saß ein Mann, der Bier trank, und so tat,
als wären wir nicht da.

»Wie ist die denn drauf?«, flüsterte Henri, nachdem sie uns
wortlos die Cola gebracht hatte. Aber ich konnte mich nicht
auf Henri konzentrieren. Der Automat spielte alle zwanzig Sekunden eine Melodie. Dazu drehten sich auf drei kleinen Rol-
len Bilder mit Obstsorten. Kirschen, Zitronen und Melonen.

Wenn eine Dollarnote auftauchte, erklang eine andere Ton-
folge.

Sibel Kekilli kam und schob Henri seine Currywurst vor die
Nase. »Ich steh mehr auf de Niro. Und Tarantino.«

»Aha!« Henri strahlte sie zufrieden an. »Die Klassiker. Apropos Tarantino, das wäre meine nächste Frage gewesen: *Pulp
Fiction* oder *Inglourious Basterds*?«

Keine Antwort.

»*Pulp Fiction*, stimmt's?«, rief Henri ihr nach.

»*Kill Bill*.« Sibel Kekilli verschwand hinter der Theke.

»Wo wir wieder bei den Steadycams wären«, rief Henri und
schob mir seinen Teller hin. »Ich habe keinen Appetit mehr.
Wusstet ihr, dass die komplette Eröffnungsszene in *Kill Bill 1*
ausschließlich mit Steadycams gedreht wurde?«

Beim Rausgehen rief er ihr zu, dass in drei Tagen unser erster Film Premiere feiern würde und sie eingeladen wäre und
natürlich auch ihren Freund mitbringen dürfe. Sie lächelte
wortlos und legte ihren Kopf ein wenig schief.

16 – RIESENMAMMUTBAUM

Einen Kilometer hinter dem Imbiss tauchte endlich Onkel Falcos Hotel am Horizont auf. Obwohl *Hotel* nicht das richtige Wort ist. Genau genommen handelte es sich um einen alten Landgasthof auf einer Anhöhe. An der Toreinfahrt baumelte ein Krombacher-Schild im Wind. Das Gelände war verwahrlost, überall Laub und wucherndes Unkraut. Auf dem Parkplatz stand ein uralter Mercedes. Rechts neben dem Haupthaus lag eine verlassene Terrasse mit Biergarten. Dahinter kahle Bäume und ein leerer Pferdestall.

Onkel Falco kam aus Bosnien. Er war weder Henris Onkel, noch war er ein Verwandter der Familie Sajevic. Onkel Falco hatte Henris Vater Mitte der 90er in einem Aufnahmelager kennengelernt, nachdem er wegen des Bosnienkrieges nach Deutschland gekommen war. Seitdem taten beide einfach so, als wären sie verschwägert. Onkel Falco war groß und dick wie der älteste aller Riesenmammutbäume. Wenn er lachte, wie in dem Moment, als wir das Hotel betraten, wabbelte sein Oberkörper als säße er auf einem winzigen, vibrierenden Stuhl. So einen Berg von Mann hatte ich noch nicht gesehen. Mein lieber Herr Gesangsverein.

»Willkommen in meiner Absteige«, rief er mit tiefer Stimme hinter dem Empfangstresen hervor. Er hatte einen Schnauzbart und trug ein zeltartiges Hawaiihemd, auf dem lila Blumen einen gelbgrünen Sonnenuntergang umrankten. Er wirkte wie eine Figur aus *Jackie Brown*. Vor ihm aufgeschlagen lag das Gästebuch, daneben stand eine Tasse, aus der es dampfte.

»Onkel Falco, wie geht es dir?« Henri hob beide Arme zur Begrüßung. »Das ist Leo. Ich hab dir von ihm erzählt.«

»Danke Ongri, gut, gut«, sagte Onkel Falco. »Der Regieassistent? Hallo Leo.«

»Wie geht es deinem Vater?«, fragte Henri.

»Gut, danke. Was wollt ihr trinken?«

»Und deiner Mutter?«

»Danke, alles gut. Ich habe Tee und Cola und … Bier wollt ihr sicher nicht.«

»Und wie geht es …«

Solange Henri und Onkel Falco ihre Verwandten durchgingen, sah ich mich um. In der Diele lagen sich überlappende Teppiche auf dem alten Holzfußboden. An den Wänden Bilder, größtenteils Schwarzweißfotografien. Auf einer Aufnahme erkannte ich den Parkplatz des Hotels, auf dem komische, kleine Autos standen. Alle Personen auf den Fotos trugen Hüte. Nachdem die Begrüßungszeremonie zwischen Henri und Onkel Falco abgeschlossen war, legten wir los.

»Wir haben zurzeit nur einen Gast. Und der ist außer Haus.« Onkel Falco lachte lange und laut. Er erlaubte uns sämtliche Räume und das Gelände um den Gasthof zu nutzen. Einfach alles, was wir für unseren Dreh bräuchten. »Macht was draus! Ende des Jahres ist hier dicht.«

»Och nöö!«, rief Henri. »So ein schönes Hotel.«

»Mach dich nicht lustig«, schimpfte Onkel Falco und rutschte auf seinem Stuhl herum, dass es knarzte. Es kämen nur noch

Gastarbeiter. Die wenigen Touristen würden alle im Maritim einchecken oder in dem neuen Hoteltempel an der Bundesstraße. »Dagegen hab ich keine Chance. Seit fast zwanzig Jahren halte ich hier die Fahne hoch. Seit zwan-zig Jah-ren! Aber warum erzähle ich euch das?«

Wir versprachen ihn zu beteiligen, sollte unser Film einen Oscar oder die Goldene Palme abräumen.

»Setzt du Onkel Falco bitte ganz oben auf die Liste mit den Leuten, die im Abspann erwähnt werden müssen?«, sagte Henri.

»Hab grad keinen Stift dabei«, sagte ich. »Merk ich mir.«

Onkel Falco lachte. Sein Speck zappelte.

»Gut.« Henri griff nach seinem Rucksack. »Wir schleppen erstmal alles nach oben.«

In diesem Moment ertönte eine mir bekannte Melodie. Mein Handy klingelte. Ich starrte auf das Display, auf dem »Tante Lisa ruft an« stand und konnte mich nicht entschließen den Anruf anzunehmen.

Henri sah zu mir und lachte, wie man über Jemanden lacht, der ein Gedicht aufsagen soll und sich nicht traut. »Nun geh schon ran!«

17 - FRITZ SDUNEK

»Hallo?«, sagte ich.

»Hi Leo.«

»Papa!«

»Na, was machst du?«

»Bin mit Henri unterwegs«, sagte ich. »Sind doch Ferien.«

»Aha.«

Henri tippte mir auf die Schulter. Ich hob den Zeigefinger meiner freien Hand, so wie Papa es machte, wenn er telefonierte und sagen wollte: Einen Moment bitte.

»Wo bist du?«, fragte ich.

»Im Zug«, antwortete Papa.

»Was? Wohin fährst du?«

»Weiß ich noch nicht«, sagte Papa.

»Okay«, sagte ich und überlegte. »Dann sag mir bitte, wohin der Zug fährt! Was hast du vor?«

»Ich muss was erledigen.« Diesen Satz wiederholte Papa mehrere Male. Dass er etwas »zu erledigen« habe. Er sprach es aus, als wäre er abgelenkt, als spräche er nicht mit mir, sondern mit einer anderen Person.

»Was genau willst du erledigen, Papa?«

»Darüber möchte ich nicht sprechen. Jetzt noch nicht.«

»Was für ein Mist läuft hier?«, schrie ich. »Rede mit mir!«

Henri und Onkel Falco drehten ihre Köpfe in meine Richtung.

»Sprich nicht so mit mir.« Papa röchelte ins Telefon wie Darth Vader. »Ich bin dein Vater.«

Der hatte Nerven, mir mit einem seiner bescheuerten Witze zu kommen. Ich hatte das dringende Bedürfnis ihm vors Schienbein zu treten. Ich riss mich zusammen und sprach mit der ruhigsten Stimme, zu der ich in diesem Moment in der Lage war: »Du hättest mir sagen können, dass du vorhast, eine ganze Woche zu verschwinden.«

Ich sah nach Henri. Er unterhielt sich wieder mit Onkel Falco.

»Verschwinden?«, sagte mein Vater mit hoher Stimme. »Wie das klingt. Haben wir nicht vorher darüber gesprochen?«

»Nein«, sagte ich und wartete darauf, was er als Nächstes sagen würde, aber es kam nichts. Ich konzentrierte mich auf die Geräusche im Telefon. Im Hintergrund hörte ich Stimmen und ein unregelmäßiges Klacken. Keine Ahnung, ob das Zuggeräusche waren. Ich wusste nicht, was ich sagen sollte. *Er* ist mein Vater und *er* ist weggelaufen, er sollte die Dinge geraderücken. Das alles brachte mich zur Weißglut! Das war so ein Wort meines Vaters, das ich übernommen hatte, ohne es richtig zu verstehen. Weißglut. Es machte mich rasend, dass das Wort von ihm besetzt war und mir in diesem Moment kein passenderes einfiel. Es hatte sich in meinen Kopf geschlichen, weil ich nicht clever genug war, um auf was Eigenes zurückzugreifen.

»Entschuldige«, sagte Papa. »Ich bin in letzter Zeit ... na ja ... man könnte sagen – unzuverlässig.«

»Das kannst du dreimal sagen«, stieß ich hervor. »Doktor Pilz meint ...«

»Ach, jetzt komm mir doch nicht mit dem«, grätschte Papa dazwischen. »Was der Herr Doktor alles meint. Hör mir zu! Erstens, es ist die Aufgabe der Ärzte, Krankheiten zu finden. Ohne Krankheiten sind sie arbeitslos. Und zweitens …« Es entstand eine ungewöhnlich lange Pause.

»Ja?«, fragte ich schließlich.

»Sollte man sich immer eine zweite Meinung einholen«, vollendete Papa. »Merk dir das. Ich nehme doch jetzt diese Tabletten. Themenwechsel.«

»Damit ich das richtig verstehe«, resümierte ich, »ich soll nicht auf die Ärzte hören, aber was du sagst, soll ich mir merken. Obwohl du nach eigenen Angaben unzuverlässig bist?«

»Jetzt hast du's!«, rief Papa.

Das erste Mal, als ich dachte, da stimmt was nicht mit Papa, das war letztes Jahr auf Korfu. Genau genommen dachte ich, da stimmt etwas ganz und gar nicht. In den Herbstferien waren wir dort und am Tag der Rückreise sagte mein Vater, er wolle noch ein Souvenir für Tante Lisa kaufen. Ich sollte im Hotelzimmer warten und meinen Koffer packen. Als ich fertig war, legte ich mich aufs Bett und zappte durchs griechische Fernsehprogramm. Die Klimaanlage summte. Irgendwann rief die Rezeption auf dem Haustelefon an. Das Taxi, das uns zum Flughafen bringen sollte, war da. Von meinem Vater keine Spur. Ich ging nach unten, erklärte dem Taxifahrer mit Händen und Füßen, er solle warten und lief aus der Hotelanlage, in die Richtung, in der ich Papa vermutete. Über der Stadt war blauer Himmel, das Meer war grün und die Sonne knallte. In einer der anliegenden Straßen fand ich ihn. Er saß vor einem Geschäft, in dem es Postkarten gab und Wasserbälle und Strandspielzeug. Neben ihm saßen zwei Einheimische auf Plastikstühlen und spielten ein Brettspiel. Papa zitterte und der Schweiß tropfte von seinem Bart auf das grüne T-Shirt. Er habe nicht mehr gewusst, wie er zum Hotel zurückfinden soll, flüsterte er fieberhaft in mein Ohr. Die Straßen und Häuser hätten auf einmal fremd ausgesehen. Dabei war unser Hotel nur zweihundert Meter oder so entfernt und wir waren seit einer Woche auf der Insel. Das sei eine Panikattacke gewesen, hatte Doktor Pilz später erklärt. Wir haben dann ein anderes Taxi genommen, weil der erste Fahrer weggefahren war. Am Flughafen waren wir noch rechtzeitig. Später im Flieger wollte ich den Vorfall mit ihm besprechen. Aber mein Vater bügelte das ab und begründete seinen Zustand mit: »Das war die Hitze, da spielt der Kreislauf schnell verrückt. Man konnte gar nicht barfuß über den Asphalt laufen, so heiß war das. 42 Grad im Schatten! Überleg doch mal!«

»Leo?«

»Papa«, sagte ich ins Telefon, »bitte sag mir, wo du bist oder wohin du fährst.«

»Ist das wichtig?«, fragte er.

»Für mich schon.«

»Ist doch egal.«

»Nein!« Ich wusste, wie schwer es war, ihn zu etwas zu bewegen, das er nicht wollte. »Ist es nicht. Ich glaube, du weißt es selbst nicht.«

»Doch«, sagte Papa. »Schluss jetzt.«

Ich blieb ruhig, obwohl ich innerlich kochte, und fragte, ob er wisse, welchen Wochentag wir haben.

»Es reicht. Heute ist Dienstag, der siebenundzwanzigste.«

Die Frage nach Monat und Jahr lag mir auf der Zunge.

Es raschelte, dann war er weg. Ich kann nicht sagen, ob er

aufgelegt hatte oder die Verbindung aus einem anderen Grund abgebrochen war. Aber das Telefon war stumm. Ich hielt es noch ungläubig an mein Ohr, als es erneut klingelte.

»Papa?«

»Nein«, sagte Tante Lisa, »ich bin's.« Sie war nervös, das hörte ich sofort. Sie summte wieder.

Ich erzählte von Papas Anruf, dass er behauptet hatte, er säße in einem Zug, dass er mir nicht sagen wollte, wohin er fuhr oder was er zu erledigen hatte. Tante Lisa weinte und hörte zu. Dann überlegten wir lange und kamen zu dem Schluss, dass eine Suche nach Papa sinnlos sei, wenn wir nicht annähernd wüssten, wo er sich aufhielt. Und wenn er tatsächlich in einem Zug gesessen hatte, könnte er in wenigen Stunden hunderte Kilometer in irgendeine Himmelsrichtung fahren. Ich fragte, ob sie eine Ahnung habe, wohin er unterwegs sein könnte. Ob es etwas gab, in seiner Vergangenheit, das ich nicht wissen konnte. Tante Lisa summte, verneinte und versprach noch einmal in Ruhe darüber nachzudenken.

Bevor wir auflegten, fragte sie: »Weißt du von der Sache mit dem Geld?«

»Was meinst du?«

»Wolfgang behauptet, jemand hätte ihm Geld gegeben.«

»Ja, stimmt«, sagte ich.

»Was genau hat er dir erzählt?«

»Jemand hätte ihm Geld geschenkt«, sagte ich. »Viel Geld. Wir müssten uns keine Sorgen mehr machen.«

»Fritz Sdunek!«, schrie Tante Lisa los, bevor ich meinen Satz beenden konnte. Noch nie hatte ich sie so schreien hören. »Er behauptet allen Ernstes, Fritz Sdunek hätte ihm einen Haufen Geld geschenkt. Der Mann ist seit vier Jahren tot! Sdunek hätte sich über Wolfgang informiert, über seine Boxkarriere in den 80ern und so weiter, und daraufhin hätte er ihm Geld zukommen lassen. Sechshunderttausend Euro! Dass ich nicht lache!« Tante Lisa schien derart entrüstet, als hätte sie gerade zum ersten Mal davon gehört, dass sich die Erde um die Sonne dreht.

»Ich weiß nicht, wer das ist«, sagte ich, »dieser Dunek.«

»Boxtrainer«, sagte sie laut. »DDR-Schmiede. Ist auch egal, weil er eh schon tot ist.«

»Das ist alles total schräg«, sagte ich.

»Dein Vater ist schräg«, rief Tante Lisa. »Ernsthaft!«

Nach dem Telefonat setzte ich mich mit Henri auf die Stufen vor Onkel Falcos Hotel. Krisensitzung. Wir blickten auf den Parkplatz und die Bäume und Henri bot an, den Dreh abzublasen und auch die Party zu canceln. Ich wäre der Bestimmer, ich müsste ihm nur ein Zeichen geben. Wenn es realistisch sei, dass wir Papa finden könnten, würde er sofort mit mir nach ihm suchen. Ich überlegte hin und her.

»Solange dein Vater aber offensichtlich nicht gefunden werden will«, sprach Henri weiter, »machen wir uns da nichts vor, können wir uns auch um unseren Scheiß kümmern und weiter Plan A verfolgen.« Und das hieß Filmdreh und Party. Schließlich seien Maja und alle bereits eingeladen. Wir sollten das so sehen, sagte Henri, und stellte sich auf die unterste Stufe, mit dem Rücken zum Parkplatz, das Gesicht mir zugewandt. »Dein Dad ist erwachsen. Sicher, er ist krank, der Kopf macht nicht richtig mit. Aber vielleicht benötigt er diesen letzten Moment der Freiheit, um etwas Wichtiges zu erledigen, sich von was weiß der Geier zu verabschieden. Das lässt dir jedenfalls die Möglichkeit, dich um deine Angelegenheiten zu kümmern.«

Henri war – wie gesagt – nicht auf den Kopf gefallen. Es kam, wie es kommen musste: Wir beschlossen, den Film zu drehen und die Party sollte auch stattfinden. Papas »Reise« würden wir so engmaschig verfolgen wie möglich – und soweit Papa das zuließ. Sollte etwas Ungewöhnliches geschehen, würden wir umgehend auf Plan B umschwenken, der aktiven Suche nach Wolfgang Adler.

18 – ALEXANDER KLUGE

Im Erdgeschoss des Hotels befanden sich der Empfangsraum, ein großer Speisesaal mit Raumteiler wie in unserer Schule, eine Restaurantküche, die Waschstube, Lagerräume und Onkel Falcos vollgestopfte Wohnung. In den beiden Stockwerken darüber lagen die Gästezimmer, sechs im ersten und sechs im zweiten Obergeschoss. Wir schleppten unser Equipment in die erste Etage. Oben angekommen, montierte Henri seine Kamera auf ein Stativ und stellte sie auf den abgewetzten Teppichboden. Dann setzte er sich im Schneidersitz hinter die Kamera, kniff ein Auge zu und sah durch die Augenmuschel. Ich holte mein Handy hervor. Maja hatte noch immer nicht geantwortet.

»Bereit?«, rief Henri ohne Vorwarnung und fuchtelte mit den Armen. »Probeaufnahme eins, die erste. Uuund Action!«

Ich nahm meine Tasche von der Schulter, warf sie in eine Ecke und lief Henris Anweisungen folgend den schwach beleuchteten Gang entlang, auf das am Ende liegende Fenster zu. Links und rechts gingen jeweils drei Gästezimmer ab. Auf dem Fensterbrett stand eine traurige Zimmerpflanze hinter vergilbten Gardinen. War das albern? Oder war ich jetzt schon Schauspieler?

»Nicht so schnell.« Henri kommandierte mich zurück. »Bitte zum Ausgangspunkt. Uuund Action!«

Ich positionierte mich erneut vor der Kamera, lockerte Arme und Beine wie vor einem Wettkampf, atmete tief ein und ging ein weiteres Mal den Korridor entlang, diesmal im Schneckentempo.

»Genau so«, hörte ich den Regisseur hinter mir. »Und jetzt öffne eine der Türen und geh hinein.«

Ich entschied mich für das letzte Zimmer auf der rechten Seite. An der Tür befand sich keine Klinke, sondern ein Knauf mit Schlüsselloch. Ich nahm meinen Wohnungsschlüssel, hielt ihn auf die Höhe des Schlosses und spielte Aufschließen. Dann bewegte ich den Knauf entgegen des Uhrzeigersinns. Die Tür sprang auf. Zögernd ging ich hinein. Es roch nach alten Socken und Reinigungsmitteln. Der Sockengeruch überwog.

»Sehr gut!« Henri jubelte im Hintergrund. »Vielleicht können wir die Aufnahme sogar verwenden!«

Ich stand in einem Korridor, kaum größer als eine Fußmatte, von dem links ein Badezimmer abging. Auf dem Badewannenrand lagen zwei frische Handtücher. Der eigentliche Raum war groß und hell, mit grauem, weichem Teppichboden ausgelegt. An einer Wand stand ein Doppelbett, daneben ein runder Tisch, gegenüber zwei speckige Polstersessel. Alle Möbel waren aus dunklem Holz. Die Ausstattung erinnerte an längst vergessene, herrschaftliche Zeiten. In der Außenwand befand sich eine Balkontür, umrahmt von schweren Vorhängen. Es hätte mich nicht gewundert, wenn unten vor dem Balkon eine Kutsche vorbeigefahren wäre oder ein Oldtimer. Ich machte es mir in einem der Sessel bequem. Henri kam herein und stieß mit dem Fuß gegen einen Bettpfosten. Er nahm die Kamera von der Schulter und sah sich um.

»Geile Location.«

»Was machen wir jetzt?«, wollte ich wissen.

»Wir drehen zuerst die Innenaufnahmen«, sagte Henri. »Danach gehen wir raus und filmen den Rest. Die Ankunft und so weiter. Der Hauptdarsteller kommt übrigens mit einem Auto angefahren.« Henri schloss die Augen als müsse er angestrengt nachdenken. »Dann checkst du ein und gehst aufs Zimmer. Während dein Verfolger eintrifft, bist du unter der Dusche. Später fällt jemand aus dem Fenster oder vom Balkon. Bietet sich ja an.«

»Ah ja«, schnaufte ich. »Jemand fällt aus dem Fenster. Aber Text habe ich immer noch nicht?!«

»No Text. Dafür bräuchten wir einen Tonmann mit allem Drum und Dran. Wie gesagt, wir legen Musik drunter. Wie in jedem Kunstfilm«, sagte Henri. »Später machen wir eine Aufnahme, in der ein Auto die Einfahrt hochfährt. Für den Auftakt.«

»Dass ich nicht Auto fahren kann, ist dir aber klar.« Ich schüttelte den Kopf. »Wie stellst du dir das alles vor?«

»Wir brauchen irgendein Auto mit irgendeinem Fahrer.« Henri verdrehte die Augen, als wäre ich ein Kind, dem man alles zigmal erklären muss. »Wer tatsächlich fährt, erkennt man im Film später nicht.«

»Keine Ahnung, wie du das machen willst«, meckerte ich. »Aber eins noch: Ich brauche einen Lebenslauf. Wo komme ich her und was will ich hier in einem Hotel mitten in der Provinz?«

»Spielt keine Rolle.«

»Aber ich … also mein Charakter …«, stotterte ich. »Der Mann ist doch nicht ohne Grund hier.« Wenn Henri das den Zuschauern nicht erkläre, sei das seine Sache, beharrte ich. Für mich als Schauspieler wäre das allerdings von erheblicher Bedeutung. »Habe ich eine Frau?«, fragte ich. »Wie alt bin ich?«

»Alles nicht so wichtig«, sagte Henri. »Nur so viel: Du bist Agent und du versteckst dich hier.«

»Agent«, sagte ich. »Okay. Sollte ich hinbekommen.«

Ich googelte *Kunstfilm* und im Internet stand, dass man einen Kunstfilm in Deutschland *Essayfilm* nenne. Ein bekannter Essayfilmer sei Alexander Kluge. Ich klickte weiter und fand heraus, dass dieser Alexander Kluge der Mann hinter der Kamera war, der mit der Literaturprofessorin über die vergifteten Pilzkinder gesprochen hat. Sachen gibt's.

»Ich bin also ein Spion«, sagte ich. »Welcher Geheimdienst?«

»Such dir einen aus!« Henri wurde laut. »Wie gesagt, der Plot steht. Die Einzelheiten muss ich beim Dreh live entscheiden. Wir müssen mit den Gegebenheiten arbeiten. Hast du ein zweites Paar Schuhe dabei?«

Ich sagte lieber nichts mehr.

»Hast du?« Henri hob die Augenbrauen.

»Nein«, sagte ich.

»Wieso nicht?«

»Stand nicht auf der Requisitenliste.«

»Shit.« Henri lief im Zimmer auf und ab und öffnete die Balkontür. »Hier muss frische Luft rein! Dann müssen wir welche von Onkel Falco schnorren.«

»Wozu das denn?«

»Der Verfolger kann ja nicht dieselben Schuhe tragen wie der Verfolgte, oder? Wie sieht das denn aus?«

»Wer spielt denn den Verfolger?«, fragte ich. »Onkel Falco?«

»Nein, den stechen wir später ab«, sagte Henri mürrisch. »Du spielst den Verfolger.«

»Ich bin der Verfolger? Und gleichzeitig spiele ich den Verfolgten?« Von wegen, der Herr Regisseur hatte an alle Details gedacht. Ich schüttelte den Kopf wie die Wittich, wenn mal wieder die halbe Klasse die Hausaufgaben vergessen hat. »Na, auf den Film bin ich gespannt.«

»Lass das alles meine Sorge sein!« Henris Stimme überschlug sich. »Die Premiere ist in drei Tagen. Wir sollten loslegen und nicht so viel quatschen!«

Ich gab es auf und versuchte nicht länger zu verstehen, was Henri vorhatte. Er wusste es offenbar selbst nicht.

»Was steht als Nächstes auf dem Plan?«, fragte ich.

Henri streckte die Arme nach vorn. Seine Handflächen zeigten in meine Richtung, die Daumen berührten sich, als simuliere er die Perspektive der Kamera. Er nahm mich ins Visier. Ich saß breitbeinig im Sessel, sah Henris Gesicht hinter seinen Händen und versuchte zu begreifen, was ihn antrieb. Der Typ war eine Lokomotive.

»Also gut!«, rief ich, sprang auf und klatschte in die Hände. »Abfahrt!«

19 - BRATKARTOFFELN

Ich brauchte nicht lange, um festzustellen, dass Henri der geborene Regisseur war – und zwar einer der anstrengenden Sorte. Nicht dass ich einen Vergleich hätte. Aber er ging professionell vor – dachte ich. So professionell wie ein Sechzehnjähriger vorgehen kann bei seinem ersten Film. Vor jedem Take prüfte er die Lichtverhältnisse mit einem Luxmeter, einem kleinen Gerät, das aussah wie die Fernbedienung einer Klimaanlage. Er schulterte die Kamera bestimmt hundert Mal, machte »Psst! Zurückbleiben!« und lief die Räume ab. Die Kamera nahm in diesen Momenten entweder die Perspektive des Agenten oder die des Verfolgers ein. Diese Einstellungen wechselten sich ab mit Szenen, in denen ich einen Korridor entlanglief oder in einem der Gästezimmer hantierte. Nach fünfzehn oder zwanzig Aufnahmen blickte ich nicht mehr durch, welche Figur ich gerade spielte. Mein Anspruch reduzierte sich darauf, Henris Anweisungen auszuführen. Bei jeder Szene, in der ich mitwirkte, filmte Henri ausschließlich Details: Hände, Schuhe, Hosenbeine, Haare. So könne man im Nachhinein mein Alter nicht erkennen, behauptete er. Später lief ich die Treppe rauf und runter, gefühlt tausend Mal. Je nachdem, welche Figur ich darstellte, trug ich dabei Turnschuhe oder braune Lederschuhe, die wir vor Onkel Falcos Wohnungstür gefunden hatten. Sie waren zwei Nummern zu groß, aber das fiel nicht auf. Die ersten Drehstunden waren ein Kuddelmuddel und endloses Umziehen und hin-und-her-Hetzen.

Immer wieder mussten wir die Dreharbeiten unterbrechen, weil unsere Handys klingelten. Meist waren es Freunde, die wir zur Party eingeladen hatten, und die wissen wollten, ob sie noch jemanden mitbringen durften, und was es mit der Filmpremiere auf sich hatte. Wir sagten allen, sie sollten rechtzeitig da sein, mitbringen, wen sie wollten, und sich ansonsten überraschen lassen. Kein Zeichen von Maja.

Am frühen Abend sollte der Agent auf dem Balkon rauchen, wofür wir Onkel Falco eine Schachtel Zigaretten abschwatzten. Zurück auf dem Zimmer, richtete Henri das Licht ein und sagte: »Du kommst aus der Dusche, steckst dir eine Zigarette an und trittst nach draußen.«

»Ich bin müde«, sagte ich und ließ mich auf das mit weißer Bettwäsche bezogene Bett fallen. »Wie wäre es mit einer Pause?«

»Nicht jetzt.« Henri schloss die Augen und schüttelte den Kopf. »Hoch mit dir! Wir brauchen den Sonnenuntergang im Hintergrund.«

»Erzähl mir doch erst mal, welche Szene jetzt dran ist«, sagte ich und rührte mich nicht von der Stelle.

»Ich erkläre dir alles, während du dich ausziehst.«

»Wieso sollte ich mich entblößen?«, stöhnte ich.

»Spreche ich etwa Spanisch?«, blaffte Henri. »Du duschst, dann steckst du dir eine Zigarette an und trittst auf den Balkon. Los!«

»Okay, okay«, sagte ich, erhob mich mühsam und zog mich bis auf die Unterhose aus.

»Alles ausziehen«, hörte ich hinter mir.

»Wieso das denn?«

»Trägst du normalerweise unter der Dusche ein Höschen?«

»Ich soll wirklich duschen?«, fragte ich. »Mit Wasser und allem?«

»Nein, mit Sonnenlicht, du Brotbüchse«, sagte Henri. »Natürlich mit Wasser und nass und allem Drum und Dran. Ein handelsüblicher Duschvorgang hinter einem Duschvorhang. Wie jeder normale Mensch.«

»Ich hasse dich.«

»Ich dich auch«, sagte Henri. »Uuund Action!«

Ich seufzte und stieg in die Badewanne. Das Wasser wurde nur langsam warm. Einige Augenblicke später wurde der Duschvorhang beiseite gezogen und die Kamera lugte herein. Ich achtete darauf, nur von hinten gefilmt zu werden.

»So, jetzt komm raus und lauf Richtung Balkon«, schnaubte Henri. »Die Zigaretten liegen auf dem Bett, die nimmst du im Vorbeigehen mit.«

»Ich bin noch nicht fertig mit den Haaren«, rief ich.

»Wenn du nicht gleich spurst …«

»Dann muss ich heute barfuß ins Bett oder was?« Ich nahm ein dunkelblaues Handtuch, trocknete mich gründlich ab und suchte Unterhose und T-Shirt.

»Was machst du denn da?«

»Was ich immer mache nach dem Duschen«, sagte ich. »Ich ziehe mir etwas über, wie jeder normale Mensch.«

»Aber wenn du allein bist und geduscht hast, ziehst du dir doch nichts an.«

»Natürlich.«

»So ein Quatsch!«

»Ich werde nicht nackt vor die Kamera treten«, sagte ich.

»Aber die Authentizität?«

»Ich lege mir ein Handtuch um die Hüften und jetzt möchte ich nichts mehr hören, Mister Authentic«, sagte ich. »So mache ich das nämlich zu Hause, wenn ich allein in der Wohnung bin.«

»Spießer.«

Was folgte, war ein Durcheinander an Kommandos und Wiederholungen. Insgesamt paffte ich fünf Zigaretten, fiel fast vom Balkon, weil mir übel wurde, und als ich zu frieren begann, stieß Henri Freudenschreie aus und filmte die Gänsehaut auf meinem Unterarm.

Nach dieser Szene konnte ich nicht mehr einschätzen, ob ich das hier machte, weil ich es wollte, oder weil Papa wie ein bockiges Kind weggelaufen war und ich mir die Zeit vertreiben musste. Ich hatte Lust ihm eine Standpauke zu halten. Ich wollte ihm sagen, dass es gefährlich sei, sich auf Medikamenten in der Weltgeschichte herumzutreiben. Dass ich mir Sorgen mache und das nicht wieder vorzukommen habe! Ob wir uns in diesem Punkt ein für alle Mal verstanden hätten?

Henri erklärte feierlich, dass wir die Hälfte der Aufnahmen im Kasten hätten. Ich war hundemüde. Wir gingen in die Küche, wo es nach Bratkartoffeln roch, die Onkel Falco gemacht hatte. Wir setzten uns und eröffneten ihm, dass wir am nächsten Tag einen weiteren Schauspieler bräuchten.

»Oh nein«, schnaufte er. »Niemand hat gesagt, dass ich Teil der Dreharbeiten sein würde. Bitte, Jungs, tut mir das nicht an!«

Die Pfanne mit den Bratkartoffeln war so groß wie ein Wagenrad und stand in der Mitte des Tisches, obenauf lagen fette

Bratwürste und Spiegeleier. Onkel Falco trank Bier, wir bekamen Limo in Dosen.

»Wie lautet überhaupt der Titel eurer Low-Budget-Produktion?«, fragte Onkel Falco und klemmte eine rote Serviette unter seinen Teller.

»No-Budget«, sagte ich und steckte mir in eine knusprige Kartoffelscheibe in den Mund. Sie schmeckte himmlisch. Nach viel Salz und Fett. »Einen Titel haben wir noch nicht, oder?«

»Oh, oh.« Onkel Falco zog die Augenbrauen hoch. »Denkt euch lieber schnell was aus! Soll Unglück bringen.«

Henri sah mich fragend an. Nach einer Weile sagte er: »Wie wäre es mit *Death in Brachstedt*?«

»Meinetwegen«, sagte ich und zuckte mit den Schultern.

Onkel Falco häufte uns ungefragt weitere Portionen auf und legte jedem noch eine Bratwurst auf den Tellerrand.

»Und Leo, wie geht es dir so?«, fragte er. »Was machen deine Eltern?«

»Mama ist …«, ich überlegte, wie ich es dieses Mal ausdrücken sollte, »vor langer Zeit von uns gegangen.«

»Oh«, machte Onkel Falco.

»Und mein Vater wird langsam vergesslich, das nervt.« Ich piekste in ein Eigelb. »Aber er kann nichts dafür. Er hat Demenz.«

»Das ist tragisch«, meinte Onkel Falco.

»Wieso?«, fragte Henri. »Er nimmt Medikamente dagegen.«

»Das ist nur eine nette Verlängerung«, sagte Onkel Falco. Es klang, als kannte er sich aus mit dem Thema. »Die Krankheit wird als Sieger vom Platz gehen. Aufzuhalten ist das nicht, kann man nur ein wenig ausbremsen. Das habe ich bei meiner Großmutter erlebt. Sie ist in ihren letzten Jahren immer wieder in ein Blumengeschäft gegangen und hat sich als Verkäuferin ausgegeben.« Sein Schnurrbart hob sich bis zur Nasenspitze, als sich der Mund zu einem unsicheren Lächeln verzog. Er öffnete den Mund und ich war gespannt, was er sagen würde, aber dann schob er sich eine volle Gabel hinein. Erst nachdem die ganze Pfanne leer gegessen war, sagte Onkel Falco: »Also gut, was für eine Rolle habt ihr für mich vorgesehen?«

»Das ist die richtige Einstellung!« Henri erhob sich und zeigte mit ausgestrecktem Arm quer über den Tisch auf Onkel Falco. »Du bist unser erstes Opfer. Dafür brauchen wir eine große Schüssel. In der Szene mit dem toten Rezeptionisten wird jede Menge Blut fließen.«

20 – DREIFALTIGKEIT

Nach diesem massiven Abendessen wollte ich ins Bett und schlurfte die Treppe hinauf. Henri überholte mich ungestüm und wartete oben mit der Kamera in der Hand.

»Vergiss es«, sagte ich leise und wedelte mit der Hand durch die Luft, als wäre da ein lästiges Insekt. »Ich kann nicht mehr.«

»Bitte«, bettelte Henri und stampfte mit dem Fuß auf. »Nur noch eine Szene.«

»Wenn du jemanden quälen willst«, sagte ich, »such dir ein Katzenjunges.«

»Aber es soll doch ypsilonisch werden!«

»Ohne mich«, sagte ich.

»Diese Leck-mich-am-Arsch-Stimmung«, sagte Henri, »das ist genau das Richtige für das Finale!«

»Der Regisseur«, sagte ich, »sollte sein bestes Pferd nicht zu früh verheizen.«

»Method Acting«, sagte Henri daraufhin.

»Wie bitte?«

»Meisner Technik!«

»Hörst du dir eigentlich manchmal zu?«, fragte ich.

»Impro?« Henri machte eine einladende Armbewegung.

»Ratterst du hier Begriffe runter«, fragte ich und versuchte an ihm vorbeizukommen, »weil du nicht mehr weiter weißt?«

»Nur noch eine halbe Minute«, flehte er und klammerte sich an meinen Arm wie ein alter Herr, der über die Straße gebracht werden will. Wenn Henri nicht bekam, was er wollte, konnte es anstrengend werden. Er würde mich bestimmt zwanzig Minuten bearbeiten – und ich war nicht sicher, ob ich genug Kraft hatte, ihm standzuhalten.

»Mit meinem Vetorecht komme ich hier wohl nicht weiter«, sagte ich. »Also gut, eine Szene. Eine. Maximal zehn Minuten. Hand drauf?«

»Hand drauf, du Schlumpf!« Henri grinste und schlug ein. Er streichelte die Kamera wie ein geliebtes Haustier und positionierte sie liebevoll auf dem abgewetzten Teppichboden. Um das richtige Licht für die Szene zu finden, mussten wir alle Lampen in dem kleinen Korridor anknipsen. Der Agent sollte in dieser Aufnahme eines der Gästezimmer verlassen und mehr oder weniger fluchtartig über den Gang Richtung Treppe verschwinden.

Ich tat wie mir befohlen wurde und trug eilig die Sporttasche den Gang entlang und treppab. Die erste Kameraeinstellung gefiel Henri wie gewöhnlich nicht. Ich wiederholte den Ablauf, nachdem er die Kamera an einer anderen Stelle positioniert hatte. Nach dem fünften Take rief Henri endlich »Und aus!« Dann stieß er einen Schrei aus. »Oh, no!«

»Was ist los?«, fragte ich.

»Wir müssen nochmal ran.«

»Nein«, bestimmte ich, »abgemacht ist abgemacht. Leo hat Feierabend.«

»Aber …« Henri wies mit getreckten Armen auf die Kamera am Boden.

»Nichts *aber*«, sagte ich.

»Aber die Kamera ist umgekippt«, sagte er, »und hat die Decke gefilmt.«

»Shit happens«, trällerte ich und ging in das Gästezimmer, in welchem wir übernachten wollten.

»Das ist höhere Gewalt«, rief Henri und folgte mir. »Dagegen bin ich versichert.«

»Du kannst mich gern nochmal beim Duschen filmen«, sagte ich und zog mein T-Shirt aus, »denn genau das werde ich jetzt tun. Und danach geht der Agent in die Heia und macht Bubu.«

In der Duschkabine drehte ich das Wasser auf und wartete, bis es warm über meine Hände lief. Mit Papas Shampoo, das ich von Zuhause mitgebracht hatte, schäumte ich mich von Kopf bis Fuß ein.

»Jenseits dieses Zimmers liegt unbekanntes Land.« Henri saß auf dem Badewannenrand und drehte eine Zahnbürste zwischen den Fingern wie einen Drumstick. »Ist 'ne Zeile aus einem Song.«

»Und warum erzählst du mir das?«, rief ich und spritzte Schaum in seine Richtung.

»Weil du dich immer zurückziehst, wenn es spannend wird«, sagte er. »Nur in der Fremde finden wir die Kostbarkeiten des Lebens.«

»Jetzt probierst du es schon mit Kalendersprüchen«, sagte ich. »Der ganze Tag war spannend. Jetzt ist Zeit für Entspannung. Geben und Nehmen, Yin und Yang.«

»Kennst du die unsterblichen Themen?«, fragte Henri. »Die Themen, die immer gehen in Liedern, Filmen, Büchern.«

»Da gibt es eine Top Ten?«, fragte ich und angelte nach einem Handtuch.

»Es sind drei«, sagte Henri. »Drei universelle Themen, die für jeden Menschen wichtig sind, unabhängig davon in welcher Zeit man lebt oder welche Sprache man spricht.«

»Und welche sollen das sein?«, fragte ich. »Duschen, Schlafen, Fressen?«

»Haha.«

»Na, sag schon.«

»Familie, Liebe, Tod«, sagte Henri.

»Familie, Liebe, Tod«, wiederholte ich. »Das ist die heilige Dreifaltigkeit der Filmindustrie?«

»Lass sie dir mal auf der Zunge zergehen«, sagte er.

Ich trocknete mir die Haare. »Aber«, sagte ich unter dem Handtuch hervor, »wenn alle Menschen sterben, gibt es auch keine Familien und keine Liebe mehr, sondern nur noch Tod.«

»Da ist er wieder«, sagte Henri, »der Schwarzmaler.«

»Ich sehe gleich schwarz, wenn ich die Augen schließe und schlafe«, sagte ich und warf das Handtuch nach ihm.

»Immer, wenn es spaßig wird, haust du dich ins Bett«, sagte Henri. »Das ist langweilig. Ihr alle seid Langweiler.«

»Wer – *wir*?«

»Einfach alle«, sagte Henri. »Alle, außer ich.«

»Heul doch«, rief ich und schlüpfte in eine frische Unterhose.

»Schau dir doch die Dösköppe an in unserer Klasse«, sagte er. »Keiner bekommt da den Arsch hoch. Maja inklusive.«

»Wie bitte?«

»Du hast richtig gehört«, sagte er. »Sieh mich nicht so an! Die liest Dark Romance, so kitschiges Liebeszeug mit halbnackten Bad Boys.«

»Na und?«, sagte ich laut und zerrte ein frisches T-Shirt aus meiner Tasche. »Wenn du ein Problem mit mir hast, okay. Aber lass Maja da raus.«

»Sonst was?«, fragte Henri. »Ich meine ja nur, dieser Tick mit den Ärmeln.«

Mir wurde heiß und kalt. Ich musste mich stark zusammennehmen, um nicht zu schreien. »Was genau meinst du?«

»Stell dich nicht so an.«

Ich wusste nicht, was das sollte. Henri schoss um sich, ohne Rücksicht auf Verluste.

»Sie zieht doch immer die Ärmel über ihre hübschen Hände«, sagte er. »Sie scheut sich die Fühler auszustrecken. Genau wie du!«

»Ist bei dir eine Sicherung durchgebrannt?«, schrie ich ihn an. »Vielleicht musst du mal wieder zu Frau Doktor Wendelberger?«

»Das ist …« Henri schien überrascht. Er hob den Kopf und sah mich an, als hätte ich eben erst den Raum betreten.

»Das ist *was*?«, fragte ich und erwiderte seinen Blick.

Henri presste die Lippen aufeinander und kam näher. Seine Augen sahen geradewegs in meine. Seine Nase zuckte ein wenig, als hätte sie einen merkwürdigen Geruch wahrgenommen. Er holte aus und legte einen Arm um meine Schultern. Im ersten Moment dachte ich, er wollte sich entschuldigen. Dann zog er die Schlinge zu und nahm mich in den Schwitzkasten.

»Ey«, rief ich, bevor mir die Luft wegblieb. Er hatte mich kalt erwischt und er hatte Kraft. Ich boxte auf seinen Oberschenkel, ein Mal, zwei Mal, immer härter. Nach dem neunten Mal ließ er los.

Ich ließ mich in einen der Sessel fallen und atmete tief durch: »Da haben wir wohl beide ins Schwarze getroffen.«

Henri setzte sich auf eine Bettdecke und beäugte seine Hände, als überprüfe er das Ergebnis einer aufwendigen Maniküre. Dann stand er auf, nahm seine Tasche und sagte: »Ich schlafe in einem anderen Zimmer.«

»Scheiß doch drauf«, schrie ich ihm hinterher.

21 - JURASSIC PARK

Kein Wunder, dass Henri schon in Therapie war, dachte ich, wenn er mit derartigen Ansprüchen durch die Welt lief. Ich hatte eine Schwäche fürs Versöhnen, aber das musste diesmal warten. Das Problem lag eindeutig bei Mister Sondercool. Ich legte mich auf die Fensterseite des Bettes und starrte an die von Holzbalken durchzogene Decke. Die Sonne war bereits untergegangen. Ein Vogel krächzte. Es wurde kühler und ich zog die Bettdecke über meine Beine. Bald schlief ich ein und träumte von einem Baum, dessen Äste und Blätter von einem starken Wind gepeitscht wurden. Als ich wach wurde, war es dunkel im Zimmer und hinter den Fenstern. Ich suchte nach meinem Handy und stopfte zwei große Kissen unter meinen Kopf. Eine Nachricht von Tante Lisa. Sie wollte wissen, ob es mir gut ging. Von Papa gab es nichts Neues. Hannes schrieb, er wolle zur Party kommen, aber nur wenn Nina auch käme. Ich wollte gerade eine Liste mit den möglichen Gründen aufstellen, weshalb Maja noch immer keine Antwort gesendet hatte, als es an der Tür klopfte. Drei Mal kurz hintereinander. Laut und energisch, als stünde der Hoteldirektor wegen einer Beschwerde vor der Tür oder gar die Polizei. Das konnte nur Henri sein, der sich einen Scherz erlaubte. Ich sagte nichts, setzte mich auf und wartete. Die Tür war nicht verschlossen.

Nach zwei Minuten, in denen nichts zu hören war außer das Zirpen in den Büschen draußen, stand ich auf und legte ein Ohr an die Tür. Auf der anderen Seite: Stille. Ich ging auf die Knie und prüfte, ob Licht durch den Türschlitz schimmerte. Ich war nicht sicher. Als Nächstes rief ich Henri an. Er ging nicht ran und auch das Klingeln seines Telefons war nirgends zu hören. Ich schrieb eine Nachricht.

23:09 Uhr – Leo:
Warst du das? Idiot.

Eine Zeitlang stand ich mit dem Rücken an der Tür und wartete, das Handy in der Hand. Dann drehte ich langsam den Knauf und öffnete. Der größer werdende Spalt verriet nichts. Im Gang war es genauso dunkel wie im Zimmer. Ich wagte mich hinaus und lief die anderen Gästezimmer ab, aber nirgends nahm ich einen Lichtschein oder ein Geräusch wahr. Endlich vibrierte das Telefon in meiner Hand.

23:17 Uhr – Henri:
Hast du mich gerade Idiot genannt?

23:19 Uhr – Leo:
Nein. Ich habe mit Idiot unterschrieben.
Also, was ist hier los?

23:22 Uhr – Leo:
Wo bist du?

Zurück im Zimmer schloss ich die Tür und machte Licht. Ich trank Leitungswasser direkt aus dem Hahn und aß einen Apfel. Als ich Henri erneut anrief, sprang die Mailbox an.

23:32 Uhr – Leo:
Wo bist du??? Und warum gehst du nicht ran?

23:34 Uhr – Henri:
Ich kann jetzt nicht sprechen.

Der Typ machte mich wahnsinnig. Wäre es nicht mitten in der Nacht gewesen, ich wäre nach Hause gefahren.

23:36 Uhr – Henri:
Bin rausgegangen nach unserem Streit, wollte eine rauchen. Stockduster hier. Finde nicht zurück.

23:40 Uhr – Leo:
Quatsch mit Soße. Idiot.

23:44 Uhr – Henri:
Hör auf damit. Ich habe Angst. Hier ist irgendwo ein Tier.

23:45 Uhr – Leo:
Das will sicher nur spielen.

Darauf kam lange keine Antwort. Ich beschäftigte mich mit meinem Handy, bis mein Kopfkino übernahm und ich Henri tatsächlich mit einem Wildschwein oder einem Wolf konfrontiert sah. Es gab doch wieder Wölfe in Deutschland?

00:27 Uhr – Leo:
Wo bist du wirklich?

00:32 Uhr – Henri:
Draußen. Ich sehe Umrisse von Bäumen.
Dahinter das Tier.

00:33 Uhr – Leo:
Kannst du nicht einfach in die Richtung laufen,
aus der du gekommen bist?

00:35 Uhr – Henri:
Das Vieh versperrt den Rückweg.

00:36 Uhr – Leo:
Ich hole eine Taschenlampe und komm raus.

00:37 Uhr – Henri:
Nein! Onkel Falco wird stinksauer, wenn man
ihn so spät stört.

00:40 Uhr – Leo:
Egal. Notfall.

00:41 Uhr – Henri:
Entschuldige wegen vorhin.
Ich war ein Arsch.

00:43 Uhr – Leo:
Da hast du recht. Idiot.

00:45 Uhr – Henri:
Ich glaube, da hinten ist Licht.

00:46 Uhr – Leo:
Geh hin. Das kann ja nur das Hotel sein.

00:48 Uhr – Henri:
Ok.

01:00 Uhr – Leo:
Henri?

01:04 Uhr – Leo:
Henri!!

01:07 Uhr – Henri:
Hol Falco! Hier stimmt was nicht.

01:08 Uhr – Leo:
Ich scheiß mich gleich ein!

Ich atmete tief ein und stellte mir vor, das Aufsuchen von Onkel Falcos Wohnung wäre Teil der Dreharbeiten. Eine nächtliche Szene, zu der ich als Schauspieler vertraglich verpflichtet war. Auf dem Weg ins Erdgeschoss betätigte ich jeden Lichtschalter. Hinter der Milchglasscheibe in Onkel Falcos Wohnungstür flackerte ein Fernseher.

Ich klopfte und trat sofort ein.

»Herein«, sagte Onkel Falco, als ich bereits vor ihm stand. Er überfrachtete mit seinem riesigen Körper einen Sessel und grinste mich an.

»Henri ist verschwunden«, stieß ich hervor, »also nicht wirklich, wir haben SMS geschrieben. Jedenfalls ist er irgendwo draußen und da ist ein Tier, sagt er.«

»Nein, nein«, sagte Onkel Falco und blinzelte mit einem Auge, als er sei er geblendet worden.

»Doch«, sagte ich, »wir müssen ihm helfen!«

Ich sah genauer in Onkel Falcos Gesicht. Er zwinkerte wild herum und ich überlegte, ob er das vielleicht öfter machte, wenn er müde war. Dann zuckte er mit dem Kopf, als würde er mir Zeichen geben.

»Alles in Ordnung, Onkel Falco?«, fragte ich. »Bist du wach?«

Da lachte der dicke Mann und rief: »Nun komm schon raus da!«

»Bin ich denn nur von Trantüten umgeben?«, rief Henri und kam aus dem Nebenraum.

»Ich fasse es nicht«, sagte ich. »Warst du etwa die ganze Zeit hier?«

»Nein, wirklich, da war ein T-Rex«, sagte Henri und deutete auf den Fernseher.

»Woher wissen sie, dass alle weiblich sind«, fragte Jeff Goldblum auf dem Bildschirm. »Läuft da jemand im Park rum und guckt den Dinosauriern unter die Röcke?«

»Nimm dir was aus der Minibar«, sagte Onkel Falco und zeigte auf einen kleinen Kühlschrank, der zwischen den Sesseln stand. »Und dann lasst uns weiter fernsehen. Ich liebe diesen Film.«

Ich nahm mir eine Cola und legte mich auf den Teppich vor den Fernseher.

»Wenn uns die Evolutionsgeschichte eines gelehrt hat, dann doch das, dass das Leben sich nicht einsperren lässt«, referierte Jeff Goldblum weiter. »Das Leben bahnt sich seinen Weg, es erobert neue Territorien. Es überwindet sämtlich Barrieren, ob schmerzlich oder gefährlich, aber ... Aber so ist es.«

22 – BLUTLACHE

Am nächsten Morgen schnitten wir Onkel Falco die Kehle durch.

»Dafür brauchen wir mindestens drei Liter Blut«, sagte Henri. »Komm mit!«

Er lotste mich in die Hotelküche und stellte alle Zutaten auf eine metallene Arbeitsfläche. Ich gab eine halbe Packung Mehl in eine große Schüssel. Henri schüttete Wasser dazu und rote Lebensmittelfarbe.

»Schön rühren«, forderte er mich auf und hielt mir einen Kochlöffel hin.

Ich rührte die Masse, bis sie ein dickflüssiger, rosa Brei war, und ließ etwas von dem Zeug auf meine Hand tropfen. »Wie Blut sieht das aber nicht aus.«

»Abwarten«, sagte Henri und machte eine kreisende Handbewegung.

Nachdem Henri mehr Wasser, Farbe und etwas Kakaopulver dazugegeben hatte, verdunkelte sich die Flüssigkeit. Ich ließ die Masse wieder und wieder von der Kelle zurück in die Schüssel tropfen, um die Konsistenz zu prüfen. Nach einer Viertelstunde hatten wir drei Liter täuschend echtes Kunstblut. Ich war begeistert.

Für die Szene mit dem toten Rezeptionisten füllten wir das

Blut in einen Luftballon, aus dem sollte Onkel Falco nach und nach Flüssigkeit herausdrücken. Nach dem tödlichen Angriff fiel er mit dem Gesicht voran auf den Boden hinter dem Empfangstresen. Wir filmten die Blutlache, die sich von seinem Hals aus langsam unter ihm ausbreitete. Das Ganze sah ungelogen nach einem vollendeten Verbrechen aus.

Nachdem wir alles eingepackt und uns vom frisch geduschten und gestriegelten Onkel Falco verabschiedet hatten, hörten wir ein Auto über den Kies vor dem Hotel fahren. Es war Axel, ein Freund des Hauses, der sich mit Onkel Falco einen Film ansehen wollte. Axel war spindeldürr, trug ein Basecap der San Jose Sharks und hatte einen Walrossbart. Henri lief auf ihn zu, als er durch die Tür trat, und fragte ihn, ob er für unseren Film noch einmal die Zufahrtsstraße hochfahren und einparken würde. Axel zuckte mit den Schultern und stellte das mitgebrachte Sixpack auf den Tresen. Er nahm eine Flasche, öffnete sie mit einem Feuerzeug und sagte: »Na denn ma los, wa?« Wir packten die Kamera wieder aus und gingen nach draußen. Axel fuhr einen 5er BMW, ein altes Modell, rostrot. Henri stieg mit in den Wagen und richtete die Kamera in Fahrtrichtung aus.

Axel prostete uns durchs Fahrerfenster zu und nahm einen Schluck aus der Flasche. Das Auto fuhr vom Parkplatz und ein Stück die Straße hinunter. Ich sah ihnen nach. Nachdem die beiden zurück waren, fiel Onkel Falco ein, dass wir die Szene auch vom Dach aus filmen könnten, Vogelperspektive und so. Das ließen wir uns natürlich nicht zweimal sagen, stiegen die Treppe hoch und kletterten an einer Leiter nach oben zur Dachluke. Von hier aus konnte man über das halbe Land sehen. Schräg vor uns lag der Petersberg, im Süden die Stadt und überall schlängelten sich Straßen und Wege. Wo die Felder aufhörten, standen Bäume, manchmal ein ganzer Wald. Dahinter wieder Felder und Dörfer. Am Himmel darüber hingen Wolken.

In diesem Moment fiel mir ein, was der Krüger, unser Geschichtslehrer, vor Kurzem gesagt hatte. »Stellt euch vor«, hatte er seinen Vortrag begonnen, »70 Jahre ist es erst her, da sind russische Panzer über unser Land gerollt. Selbst die Schweden waren schon hier, na ja, zumindest auf Höhe Magdeburg.« Der Krüger hatte mit einem Stolz gesprochen, als hätte er sie persönlich zum Krieg gegen den brandenburgischen Kurfürsten eingeladen. Jetzt stand ich hier über den Baumwipfeln und versuchte es mir vorzustellen. Ich dachte an das Blut der Russen und Schweden, das in diese Felder eingesickert war, und vor den Schweden waren bestimmt die Römer hier, wie fast überall, und vor denen die Dinosaurier, und davor weiß der Geier, was für Wesen. Und heute schlängelt sich da der Saaleradweg und die Windräder gucken zu.

»So eine Aufnahme nennt man *extreme wide shot*«, erklärte Henri und deutete mit dem Finger in die Ferne. »Immer gut für den Einstieg. Steht in jedem Handbuch.«

Ich kletterte die Leiter ein Stück zurück und hielt seine Beine fest. Der BMW kam zum dritten Mal angerauscht, mit Staubwolke, so hatten wir Axel instruiert, und parkte schwungvoll ein. Der Eingang des Hotels und der Parkplatz lagen an der Westseite des Gebäudes. So hatten wir für die Szene sogar die untergehende Sonne im Hintergrund. Henri war völlig aus dem Häuschen. Er sagte, jetzt sei alles perfekt, und er umarmte mich und Onkel Falco und sogar Axel. Dann stiegen wir auf unsere Räder und fuhren los.

23 - FRITTENBUNKER

Es war ruhig, weit und breit kein Auto und auch sonst kein Zeichen von Zivilisation. Wir hörten nur das Gezwitscher der Vögel und das Quietschen unserer Räder. Auf der Landstraße rollten wir zurück Richtung Stadt. Die Sonne ging als rötlicher Schimmer unter, darüber färbte sich der Himmel lila, noch weiter oben dunkelblau. Die Dämmerung entzog den Dingen ihre Farbe. Ich kann mich nicht erinnern, wann mir dieses Phänomen das erste Mal aufgefallen war, aber ich mochte diese Tageszeit und fuhr entspannt durch die blasser werdende Landschaft. Wir hatten tatsächlich zwei ganze Tage lang gedreht. Der dunkelgraue Asphalt der Straße schoss unter meinem Vorderrad dahin. Der Untergrund wechselte zu Kopfsteinpflaster, dann wieder Asphalt. Henri fuhr neben mir, eine Hand am Lenker, die andere wippte auf seinem Oberschenkel im Takt der Pedale. Ein Teil der Kamera lugte oben aus seinem Rucksack. Von irgendwoher kam der Geruch von frisch gemähtem Gras. Ich pulte mein Handy aus der Hosentasche und fotografierte Henri, wie er da an den Bäumen und Sträuchern vorbeifuhr. Keine Nachricht von Maja. Kein Lebenszeichen von Papa. Am Himmel über uns brummte ein kleines Flugzeug und verschwand hinter einer Baumgruppe. Ich fragte mich, was Henri antrieb. Im Grunde wusste ich es. Er hatte nur den Film im Kopf, sonst nichts. Er zweifelte nicht an sich und der Welt herum. Er glaubte nicht, dass er noch besser aussehen oder das neueste Handy besitzen müsste – obwohl er es sich leisten konnte – nur diesen Film wollte er machen und danach den nächsten. Der Rest war ihm egal.

»Halt mal!«, rief Henri an der Imbissbude, in der wir gestern gegessen hatten. Er wollte es noch einmal versuchen bei Sibel Kekilli. Er war aufgekratzt und unseren Film sollte möglichst die ganze Welt sehen. Wir bremsten auf dem Schotterparkplatz. Doch der Container war verschlossen.

»Wir lassen ihr eine Nachricht da.« Henri zog einen mit gelber und roter Soße verschmierten Pappteller aus dem Müllbehälter neben dem Eingang und riss ein sauberes Stück ab. »Gib mal 'n Stift.«

»Willst du einen Liebesbrief schreiben oder was?«, fragte ich.

»Nur das Wichtigste. Straße, Uhrzeit und so.«

»Nix da«, sagte ich. »Du kannst doch nicht meinen Namen und meine Adresse an einem x-beliebigen Frittenbunker anbringen. Was, wenn morgen ein Haufen Idioten aufkreuzt und die Party sprengt?«

»Verdammt, du hast recht.« Henri rieb sich die Augen und gähnte. »Gib trotzdem her, ich hab eine Idee.«

Ich kramte einen Kugelschreiber hervor. Henri schrieb zwei Zeilen auf das schmutzige Papier und klemmte es an die Glastür.

»Kiddo!«, stand dort. »Morgen Party, bist nach wie vor herzlich eingeladen, findest uns auf Insta, Bill.«

Henri holte sein Handy hervor und fotografierte die Nachricht. Dann änderte er seinen Namen auf Instagram in *Kill Bill* und stellte das Foto als Profilbild ein.

»Du Fuchs«, sagte ich und nickte anerkennend.

»Hast du Cash dabei?«, fragte ich, als wir die Stadt erreichten.

»Jede Menge.« Henri zog einen Zehn-Euro-Schein aus der Hosentasche und wedelte damit herum. »Money, money, must be funny. Wie viel brauchst du?«

»Ich glaube, wir haben keine Kalorien mehr im Kühlschrank.«

»Hier«, sagte er und reichte mir das Geld, während wir nebeneinander her rollten. Er wollte aber nicht einkaufen, sondern ins »Hauptquartier« und das »Material schneiden«.

»Warte.« Ich hielt an und sah nach, wie viel Geld ich im Portemonnaie hatte.

»Einen Euro. Macht zusammen elf. Reicht für zwei Pizzas«, sagte ich. »Vorher fahre ich zum Bahnhof.«

»Immer wie du willst«, sagte Henri. »Ich nehme Salami. Was willst du denn am Bahnhof?«

Ich zog die Augenbrauen hoch, machte ein ernstes Gesicht und holte den Spindschlüssel aus der Hosentasche.

»Logisch, das Schließfach.« Henri zuckte mit den Schultern. »Na dann, hol das Ding nach Hause! Was auch immer es ist.«

Am Ende der Reilstraße trennten sich unsere Wege. Ich schnallte Henri meine Tasche auf den Gepäckträger, bog nach links und strampelte voller Elan die Ludwig-Wucherer-Straße bergauf.

24 - DB SICHERHEIT

Am Bahnhof angekommen, schloss ich mein Fahrrad an eine Laterne in der Nähe des Taxistands und mischte mich unter die Reisenden vor der großen Anzeigetafel, als erkundigte ich mich nach einem der Züge. Ein Mann klopfte einem anderen von hinten auf die Schulter. Der andere drehte sich um und sie umarmten sich. Ein Mädchen mit abstehenden Ohren und einem Eis in der Hand machte sich über ihren kleinen Bruder lustig. Auf einer Bank saßen zwei Frauen und lasen gemeinsam in einer Zeitschrift. Ein junger Mann mit einem Rucksack fast so groß wie er selbst trank einen Kaffee und beäugte mich. Ich ignorierte ihn und schlenderte zur Unterführung mit den Schließfächern. Das Fach mit der Nummer 144 war ganz hinten in der Reihe an unterster Stelle. Dort war es dunkel. Die Deckenbeleuchtung war defekt. *Wer will uns hier eigentlich verarschen,* dachte ich. Ein Geheimnis, ein Schließfach, eine kaputte Lampe – was kommt als Nächstes? Tom Cruise seilt sich von der Decke ab? Mit einem Blick über die Schulter sondierte ich die Lage. Da waren zwei Bahnmitarbeiter und zahllose Menschen, die mit ihrem Gepäck oder ihren Kindern beschäftigt waren. Zwei kleine Jungen trommelten gegen die Glasscheibe eines Bäckers und schrien um die Wette. Die Mutter stand müde daneben.

Ich kniete mich vor das Schließfach. Der Schlüssel passte nicht ins Schloss. Ich probierte es erneut und drehte den Schlüssel um 180 Grad, dann noch einmal und ein letztes Mal, um ganz sicher zu gehen. Keinen Millimeter bewegte er sich in das Schloss hinein. Ich sah mich um.

»Hey *Frollein*«, hörte ich jemanden rufen. »Was machst du da?«

Einer der Bahnmitarbeiter näherte sich. Der Mann stellte sich hinter mich und zupfte an meinem T-Shirt. Ich sollte mich aufrichten. Der dunkelblaue Stoff der Uniform spannte sich über seinem Bauch. Weiter oben stand »DB Sicherheit«. Der Mann beugte sich nach vorn, soweit sein Bauch das zuließ, und bewegte seinen dicken Zeigefinger wie eine Hexe, die mich in ihre Höhle locken will.

»Was du da machst, *Frollein*?« In der anderen Hand hielt er einen angebissenen Burger.

Ich richtete mich auf. Was will der denn jetzt von mir? Und was soll ich antworten? Unter keinen Umständen wollte ich Aufmerksamkeit erregen.

»Äh … Gepäck abholen«, hörte ich mich sagen. »Aber der Schlüssel passt nicht.«

Der DB-Mann war einen halben Kopf kleiner als ich. Aus seinem Mund kam ein »Pfff«, dann sagte er: »Gepäck. Soso. Zeig mal her.« Er versuchte den Schlüssel aus meiner Hand zu fischen. Ich zog sie zurück und hielt sie hinter dem Rücken versteckt. Rote Soße tropfte auf den Boden. Der Mann blickte zwischen seinem Essen und mir hin und her, stellte sich breitbeinig auf und biss in die Reste seines Burgers.

»Zeig mir doch mal biffe den Schlüffel, dann kann iff dir sagen, ob er Teil unferer Schliefanlage ifft.« Eine Gurkenscheibe purzelte auf seinen Ärmel. Er pustete sie weg und verrieb den klebrigen Rest.

Ich trat einen Schritt zurück und stieß an die Fächerwand. Dann hielt ich den Schlüssel mit zwei Fingern in die Höhe. Der Sicherheitsmann neigte sich nach vorn, fuhr mit der Zunge über seine Mundwinkel und betrachtete ihn wie etwas sehr Seltenes. Seine Nasenflügel waren von roten und blauen Äderchen durchzogen. Ein Auge war von einem nervösen Zucken eingerahmt.

»Der gehört nifft fu unseren Fäffern. Wo hafft du den her?«, rülpste er.

»Von meinem Vater zum Geburtstag«, sagte ich und versuchte mit einer ruckartigen Bewegung an der Uniform vorbeizukommen. Der Dicke hielt mich am Arm fest und rief nach seinem Kollegen.

»Berti! Komm mal! Hier ist noch so ein kleiner Scheißer.«

»Hey, was soll denn das?«, rief ich.

»Hälst du wohl still, *Frollein*.« Der Dicke schnaubte und griff noch fester zu.

»Was machst du denn da?«, rief Berti von Weitem.

»Lassen Sie mich los!« Ich konnte meinen Arm befreien, aber der DB-Mann klemmte mich zwischen seinem Bauch und den Schließfächern ein.

»Du kannst doch nicht …« Der Kollege stammelte vor sich hin, hob eine Hand und kratzte sich am Kopf.

»Papperlapapp«, schimpfte der DB-Mann. »Der schnüffelt hier rum, unter Vorbehalt falscher Tatsachen.«

»Und wenn seine Eltern hier irgendwo …«

»Ja!«, rief ich und versuchte erneut mich zu befreien. Der Dicke drückte nun sein ganzes Gewicht gegen meinen Oberkörper. Ich sah den T-800 vor mir, den die Metallpresse am Ende von *Terminator 1* langsam zermalmte, bis die kleine rote Lampe im Inneren des Auges erlosch.

»Mein Vater ist hier, wo steckt er denn?«, stammelte ich.

»Kinderkacke!«, sagte der DB-Mann in ernstem Ton. Und zu seinem Kollegen: »Jetzt pack doch mal mit an, der is' ganz fuchsig.«

»Ich vergreife mich nicht an dem Jungen«, sagte Berti.

Ich wusste nicht, was ich sagen sollte, und schnappte nach Luft.

»Der is' bestimmt Kurier oder so, mach doch mal mit, verdammte Axt«, stöhnte der Sicherheitsmann. »Und du hältst jetzt still!«

»Lass ihn los«, beharrte der Kollege kleinlaut.

»Nix da! Mitkommen!«

Ehe ich es realisieren konnte, zerrte mich der DB-Mann in einen nahegelegenen Raum. Ich erkannte das Wort PERSONAL an der Tür. Berti stand abseits und schüttelte den Kopf. Die beiden Männer blieben draußen und gifteten sich an. Die Tür ließen sie eine Handbreit geöffnet. Ich atmete durch und sah mich um. Ich befand mich in einer Art Pausenraum. In der Mitte stand ein Tisch, darauf zwei schmutzige Tassen. Um den Tisch sechs Stühle. Ein Paar Strümpfe lag über einer Stuhllehne. An den Wänden schmale Metallschränke. An einem Garderobenständer hingen ein dunkelgrauer Kittel und, als einziger Farbtupfer in diesem Raum, ein knallgelber Regenschirm.

Ob er jetzt vollkommen durchdrehe, hörte ich Berti halblaut, einen Jungen festzuhalten.

Kurier, er sei sich sicher, so der andere, ich sei ein Kurier.

»Erst muss geklärt werden, was der wirklich vorgehabt hat«,

sagte der Dicke. Und leiser: Er wisse, wie mit Typen wie mir umzugehen sei.

»Was denn für Typen?«, wollte Berti wissen.

»Immerhin ist das Drogenproblem in Deutschland auf Rekordhoch«, flüsterte der DB-Mann, da müsse man alles Verdächtige unter die Lupe nehmen. Wenn man nicht hart durchgreife, nehme das noch überhand. Genauso wie das Ausländerproblem.

In diesem Moment packte Berti seinen Kollegen am Kragen und zottelte ihn ein Stück von der Tür weg. Ich verstand nicht mehr, was sie zueinander sagten. Nur Bruchteile drangen durch den Türspalt. Berti schien nun aufgebracht. Er sprach in gepresstem Ton irgendwas von »CIA« und »Hirngespinsten«. Es folgte ein dumpfes Klopfen oder ein Schlag, dann verstummte Berti. Ich erstarrte und wartete. Nach einer langen Minute ging ich zur Tür. Als ich sie vorsichtig öffnete, um auf den Gang zu sehen, stand der Dicke vor mir und stieß mich zurück. Er sah mich nicht an. Irgendwas war mit seinen Augen. Ungelogen, sie fixierten einen Punkt an der Wand hinter mir. War er apathisch? Oder wahnsinnig? Er tat todernst, beinahe hätte ich mich über ihn lustig gemacht. Dann fuhr er sich mehrmals mit dem Handrücken über die Stirn, zog die Tür zu und schloss von außen ab.

25 - DER PAUSENRAUM

Das konnte auch nur mir passieren. Eingesperrt, ohne einen Funken Widerstand. Die ersten Minuten in dem schäbigen Raum trat ich ununterbrochen gegen die Tür und hörte erst auf, als mir der Schweiß auf der Stirn stand und der Fuß wehtat. *Das muss doch jemand hören*, dachte ich. Die Unterführung mit den Schließfächern und der Raum, in dem ich eingesperrt war, lagen zwar unterirdisch, aber das musste doch irgendjemand hören! Die Bahnsteige befanden sich über mir. Als ein Zug einfuhr, vibrierte alles und die Metallschränke gaben rasselnde Geräusche von sich, als wären Insekten in ihnen aufgeschreckt. Ich trommelte weiter wie wild gegen die Tür und rief »Hilfe« und dass die »Polizei« kommen müsse und jemand diese verdammte Tür öffnen sollte. Es dauerte eine Weile, bis ich begriffen hatte und echte Panik in mir aufstieg. Ohne fremde Hilfe kam ich hier nicht raus.

Nachdem ich mich beruhigt hatte, versuchte ich mich zu konzentrieren. Ich probierte den Schlüssel, aber die Tür ließ sich nicht öffnen. Dann dachte ich, Henri ist vermutlich der Erste, der mich vermissen wird, und bei dem Gedanken wurde mir erneut übel. Denn Henri arbeitete an unserem Film. Er konnte tagelang vor dem Computer sitzen, ohne irgendetwas oder jemanden zu vermissen.

Apropos Polizei. Ich holte mein Handy aus der Hosentasche und sah, was ich bereits geahnt hatte: Hier unten gab es keinen Empfang. Ich legte das Telefon auf den Tisch, neben die schmutzigen Kaffeetassen, und starrte auf das Display. In der Zwischenzeit war weder von Maja, noch von Papa eine Nachricht eingegangen. Was war da draußen los? Was machen die den ganzen Tag? Papas Aufenthaltsort war völlig unklar. Gerade jetzt. Dringender hatte ich ihn noch nie gebraucht.

Und warum antwortete Maja nicht? Ich ging die Möglichkeiten durch. Zum einen konnte ihr Handy kaputt, ausgeschaltet oder nicht in ihrer Reichweite sein. In diesen Fällen hätte sie meine Nachricht noch nicht gelesen. Oder Maja hatte sie gelesen, wusste aber nicht, ob sie kommen konnte, und wollte erst antworten, wenn sie sich entschieden hatte. Drittens, meine Einladung ging ihr an ihrem hübschen Arsch vorbei – das wäre mein emotionales Todesurteil. Falls sie aber zur Party käme, wäre es schön, wenn auch ich anwesend wäre. Vorsichtshalber verfasste ich eine SMS an Henri – »Werde am Bahnhof gefangen gehalten. Kein Scherz. Ruf die Cops!« – und klickte auf *Abschicken*. Auf dem Display erschien eine Mitteilung: *Nachricht nicht übermittelt*.

Was würde als Nächstes geschehen in diesem Irrenhaus, wenn der DB-Mann recht hatte? Was, wenn ich zu Recht eingesperrt war und die Polizei käme, um mich zu verhaften, weil der Schlüssel mich mit einem Verbrechen in Verbindung brachte? Weil Blut an ihm klebte? Mafiablut? Was wusste ich denn, zu wessen Arsch dieser Schlüssel passte? Nichts wusste ich, nichts und wieder nichts. Doppelnichts. Brauchte ich einen Priester? Oder einen Anwalt?

Ich lief um den Tisch und trat vor die Wand. Ich musste pinkeln und schlug erneut gegen die Tür, minutenlang, bis meine Hände und Schultern schmerzten. Ich nahm sogar einen der Stühle und warf ihn gegen die Tür. Das verursachte einen Höllenlärm. Der Stuhl prallte ab, flog zurück und traf mein Gesicht. Es wunderte mich überhaupt nicht, dass das passiert war. Meine Oberlippe brannte wie Feuer. Mit der Zunge tastete ich den Bereich ab. Ein Stück Schneidezahn war abgebrochen. Das Türblatt hatte nur einen Kratzer und auf der anderen Seite, außerhalb meiner Zelle, tat sich weiterhin nichts! In meinem Bauch kribbelte es wie bei der Zeugnisausgabe oder einer Standpauke meines Vaters, nur circa vierhundert Mal heftiger. War das eine Panikattacke? Oder ein Herzinfarkt? Beides? Hatte Papa sich so gefühlt, damals in Griechenland, als er die Orientierung verloren und schweißgebadet in der Sonne gesessen hatte? Hast du, Papa? Ach, wie doof! Du kannst ja nicht antworten. Du hast ja was Ultrawichtiges zu erledigen! Was für ein Bullshit!

Auf dem Boden bildeten sich rote Flecken. Blut tropfte aus meiner Nase. Nein, es kam aus meinem Mund. Ich fand eine Packung Taschentücher. Eines nach dem anderen färbte sich rot. Nach dem vierten hörte es auf. Meine Oberlippe war heiß und pulsierte.

Ich drückte ein Ohr an die Tür, um zu hören, ob mittlerweile jemand im Gang auf der anderen Seite war. Aber da war nichts, nur das Rauschen in meinem Kopf. Ab und zu rollte ein Zug in den Bahnhof oder fuhr irgendwohin. Wenn ich ganz still war und den Atem anhielt, glaubte ich die Lautsprecherdurchsagen hören zu können.

Ich setzte mich mit dem Rücken an die Tür wie ein Sportler nach seinem Wettkampf, spuckte auf den Boden und sah zu, wie die Flüssigkeit sich langsam auf dem grauen Steinfußboden ausbreitete. Während ich dasaß, vor mich hinstarrte und überlegte, ob ich verdient hatte, was mir hier widerfuhr, machte ich eine Entdeckung an der gegenüberliegenden Wand. In dem Bereich zwischen zwei Metallschränken war ein Lüftungsgitter eingebaut. Dahinter rotierten die Blätter eines Ventilators. Ich kroch auf allen Vieren dorthin, befreite das Gitter vom Staub und rief in den Schacht. »Feuer!«

Den Tipp hatte ich von Henri. »Es brennt«, rief ich. »Feuer!« Wenn du in Not bist, hatte Henri gesagt, behaupte, irgendwo sei ein Feuer. Die Leute würden kommen und versuchen zu helfen. Rief man allerdings nach »Hilfe«, bekämen die meisten Angst und machten sich vom Acker.

»Feuer!«

Dann wurde es richtig finster. Ich lag noch auf dem Boden vor dem Lüftungsgitter, da sah ich unter einem der Schränke ein graubraunes Etwas. Ich berührte es mit dem Finger. Ein Büschel Haare oder ein totes Tier? Es waren Haare. Aber keine Ansammlung von Staub und Haaren, weil eine Weile nicht gründlich sauber gemacht worden war. Das waren abgeschnittene oder herausgerissene, braune Haarbüschel. Bestimmt war der dazugehörige Kopf nicht weit. Oder die Hände, die das angerichtet hatten. Ekelhaft. Ich sah nicht länger hin. Denn hätte ich länger hingesehen, wäre meine Fantasie Achterbahn gefahren. Und wenn meine Fantasie erst in Fahrt war und Bilder produzierte, bekam ich sie nicht ohne Weiteres wieder aus dem Kopf. Ich tat, als wäre nichts gewesen, und rief noch ein-, zweimal in den Schacht.

Später bekam ich Kopfschmerzen und prüfte, ob die Metallschränke sich öffnen ließen. Der sechste Spind war nicht verschlossen. Als ich ihn öffnete, kroch mir der Geruch von alten Turnschuhen in die Nase. An der Innenseite der Tür klebte ein Spiegel. Ich betrachtete mein Gesicht. Ein Schneidezahn war jetzt kürzer als der andere. Die Oberlippe dick. Und auf der Stirn oben rechts hatte ich eine kleine Beule. Und auf der Beule war eine noch kleinere Beule und die war blau. An der Spindtür hatte jemand einen Kalender angebracht. Die Tage von Januar bis zum heutigen Datum waren jeweils mit einem schwarzen Kreuz markiert. Außerdem war der 27. September rot hervorgehoben. *27 ist wie 72*, dachte ich, nur rückwärts. Ob das was zu bedeuten hatte? 72 ist ein Vielfaches von neun, also von September. Irgendeine Weltverschwörung, die nur Eingeweihte verstanden? In einem Rucksack fand ich eine Wasserflasche, eine Packung Kekse und eine Zeitschrift. Ich trank einen Schluck und setzte mich auf einen der Stühle, so dass ich die Tür im Blick hatte. Dann verschluckte ich mich und etwas Wasser spritzte aus meiner Kehle auf die Tischplatte. Ich wischte es mit der Hand bis zur Kante und ließ es auf den Boden tropfen. Die Tropfen bildeten eine Insel. Eine Wasserinsel, umgeben von Land. Ich legte die Beine auf den Tisch und aß einen Keks. Die Kopfschmerzen ließen nach. An einen der Metallschränke hatte jemand mit Edding einen Penis mit Herzeichel gemalt und *Jesus loves you* daneben geschrieben. Ich blätterte in der Illustrierten. Sie hieß *Focus* und es stand nur Mist drin. Am Ende faltete ich sie und schlug mit ihr auf den Tisch ein.

Ich holte den Schlüssel hervor und drehte ihn zwischen den Fingern hin und her. Ein gewöhnlicher Schlüssel mit einer Nummer, nichts Besonderes. Er sah absolut nicht so aus, als könnte er irgendein Geheimnis lüften. Was war das hier?

Ein abgedrehtes Spiel, bei dem keiner gewinnen konnte? Mein Vater lief von zu Hause weg wie ein bockiges Kind, ich aktivierte Henri, ließ mich zu Dreharbeiten und Party überreden und schließlich sperrte mich ein dicker Sicherheitsmann mit Wahnvorstellungen in den Folterkeller der Deutschen Bahn? Und Maja war das alles scheißegal.

Ich erinnerte mich, wie ich das erste Mal in meinem Leben panische Angst gehabt hatte. Das Seltsame daran war, dass es keinen adäquaten Grund für dieses Grauen gegeben hatte. Es war Winter gewesen und bereits dunkel, als ich vom Schwimmtraining nach Hause lief, die Sporttasche über der Schulter. Eine Frau mit einem Hund kam mir entgegen und der Hund bellte. Er war klein und weiß, wie die aus der Hundefutterwerbung. Es gab also keinen Grund, Schiss vor dem Kläffer zu haben, aber sein Gebell löste ein gewaltiges Angstgefühl in mir aus und ich rannte los. Der Hund hinter mir her. Die Frau rief ihn zurück. Aber er hörte nicht, sondern knurrte und bellte hinter mir her, so gut das eben ging mit seiner piepsigen Hundemädchenstimme. Ich lief trotzdem, als wäre der Teufel hinter mir her. Die Angst war übermächtig. Sie war da, ausgelöst von dieser Töle, und sie trieb mich zu Höchstleistungen. Und als ich zu Hause angekommen und völlig außer Atem war, fragte mein Vater natürlich, was los gewesen sei. Warum ich so verstört aussah. Als ich mich beruhigt hatte, musste ich ihm natürlich eine Horrorgeschichte erzählen – von wegen zwanzig Rottweiler wären hinter mir her gewesen – und bei meinem Gesichtsausdruck hat Papa das auch geglaubt. Es beschäftigte mich lange damals, bestimmt zwei Wochen, warum diese Angst von mir Besitz ergriffen und mein Verstand keine Macht über sie gehabt hatte.

Papa erzählte mir daraufhin eine Geschichte, die er aus einem Buch hatte. Darin ging es um eine Frau, die in einem Haus im Wald wohnt, und dem Haus nähern sich Geister oder Gespenster. Die Frau ist praktisch umzingelt, aber sie weiß nicht, ob die Waldgeister ihr etwas Böses wollen oder ob es gute Geister sind. Die Frau hat Angst und will es nicht herausfinden. Um die Geister auf Abstand zu halten, spielt die Frau auf ihrer Geige. Solange sie spielt, tanzen die Waldgeister und bleiben dem Haus fern. Doch das pausenlose Musizieren zermürbt die Frau – mehr noch als ihre Angst. Am Ende wird sie verrückt. Die Moral von der Geschichte sei, sagte Papa, dass man sich seinen Ängsten stellen soll, statt vor ihnen wegzulaufen oder sie auf Abstand zu halten. Was genau das mit meiner viel zu großen Angst vor dem winzigen Hund zu tun hatte, habe ich nicht ganz verstanden. Aber Papa hat es bestimmt gut gemeint.

Ich brauchte einen Plan und ging zähneknirschend vor der verschlossenen Tür des Pausenraums auf und ab. Dann pinkelte ich zwischen zwei Metallschränke. Scheiß doch drauf, dachte ich. Was sollte ich tun, wenn der DB-Mann zurückkam? Was würde er tun? Mich foltern? Verhören? Mir eine Pizza bringen und sich entschuldigen? Sorry, ich habe überreagiert? Wieso hatte ich nicht ausführlicher gegoogelt? Die Geschichte mit dem Obdachlosen und der 72 war zu abgefahren, jeder Polizist würde mich auslachen. 1972 ist das Geburtsjahr meiner Mutter. Wieso fiel mir das jetzt ein? Und dann sah ich sie vor mir, obwohl ich gar nicht wusste, wie sie heute aussehen würde. Aber auf einmal war meine Mutter da, und sie ohrfeigte den DB-Mann und schrie laut, *was das denn für Methoden seien, ihren Sohn hier einzusperren*!

26 - MAMA

Einmal sind Papa und ich mit einem Fahrstuhl stecken geblieben. Im Ärztehaus. Ich war sechs oder sieben Jahre alt und hatte höllische Ohrenschmerzen. Wir waren auf dem Weg zum Kinderarzt, ins dritte Obergeschoss. Ich sehe noch den Finger meines Vaters, der auf die Taste mit der Nummer Drei drückte. Der Fahrstuhl fuhr an und kurz darauf, ohne Vorwarnung, stoppte er zwischen zwei Stockwerken. Papa hämmerte mit der flachen Hand gegen die Metalltür und drückte nervös sämtliche Tasten und Lämpchen. Nach zehn Minuten meldete sich der Hausmeister über den eingebauten Notfallsprecher. Wir sollten Ruhe bewahren, kein Grund zur Sorge, in wenigen Augenblicken wären wir da raus. Mir liefen die Tränen – nein, ich heulte – mein rechtes Ohr schmerzte wie wahnsinnig. Papa nahm mich auf den Schoß und sagte: »Komm, ich erzähle dir was, eine Geschichte«. Und ich sagte, er solle mir von Mama erzählen, von damals, als sie krank wurde, denn das machte Papa nicht gern, aber in dieser Situation, da war ich mir sicher, würde er mir den Gefallen tun.

»Wie habt ihr euch kennengelernt?«, fragte ich.

Und Papa redete endlich.

»Ich war mit Rocco beim Medizinerfasching. Obwohl wir bereits unsere Abschlüsse hatten, gingen wir noch auf diese Partys. Und deine Mutter hat damals Medizin studiert. Aber das war nicht, was sie sich wünschte. Ihre Eltern hatten Druck gemacht. Sie wollten, dass deine Mutter Ärztin wird. Internistin, um genau zu sein. Mama hat sich für Medizin eingeschrieben, machte aber nebenbei ein Praktikum in einem Architekturbüro und bewarb sich schließlich erfolgreich auf ein Stipendium in dem Bereich. Erst als sie das in der Tasche hatte, sprach sie mit ihrer Mutter. Die wiederum ihren Mann, also deinen Opa, überzeugte, dass das ja auch eine erfolgversprechende Karriere sei. Und letztlich waren sie stolz wie Oskar, dass ihre Tochter Architektin werden würde, als hätten sie es nie anders gewollt. Wir wurden ein Paar. Nach dem Studium zogen wir zusammen und sie arbeitete in einem Architekturbüro. Dann kamst du. Wir hatten eine romantische Vorstellung von uns als Familie gehabt. Die Architektin und der Gymnasiallehrer, da waren andere schlechter dran. Und da sie Einzelkind war und sich immer eine Schwester oder einen Bruder gewünscht hatte, wollte sie, dass du mit Geschwistern aufwächst. Aber kurz vor deinem ersten Geburtstag wurde das Mammakarzinom entdeckt. Es war natürlich ein Schock, aber wir versuchten uns auf die Therapie zu konzentrieren. Zwei Wochen nach der Operation folgte die Bestrahlung. Dann kamen die Nachuntersuchungen, und schnell war klar, dass wir kein Glück hatten. Das Karzinom hatte bereits vor der OP gestreut, in die Knochen. Die Ergebnisse nach der Operation hatten dennoch Hoffnung zugelassen. Aber nach der Chemo waren wir endgültig entmutigt. Es war grausam, aber ich erinnere mich trotzdem nicht ungern zurück. Denn je näher das Unausweichliche rückte, desto gelassener und klarer war sie im Kopf. Wenige Tage, bevor deine Mutter starb, sagte sie etwas sehr Interessantes: Wolfgang, flüsterte sie, ich erkenne das erst jetzt, aber ich bin sicher, es wäre gut, folgendes im Leben zeitig zu begreifen. Von einem Menschen bleibt nur wenig. Keine Gedanken. Keine Gefühle. Die anderen können dir nicht in den Kopf gucken. Einzig deine Taten können erinnert werden. ›Mach dir schlaue Gedanken, aber du musst sie sichtbar machen‹, sagte sie. Deine Mutter ist in einem Hospiz gestorben. Sie wollte umgeben sein von Gleichgesinnten. Das gefiel ihren Eltern nicht, sie hätten sie lieber nach Berlin geholt, nach Hellersdorf. So mussten deine Großeltern zu uns kommen. Sie zog ins Hospiz in der Taubenstraße und ich kümmerte mich um dich. Jeden Morgen telefonierten wir und sie nannte eine Zahl zwischen eins und zehn, wie schlecht sie sich fühlte. Bei sieben oder höher ging ich gar nicht erst zur Arbeit und wir verbrachten den Tag bei ihr. An dem Tag, als sie am Telefon das erste Mal zehn sagte, starb sie. Nach ihrem Tod waren wir lange traurig und du hast nicht gesprochen, kein Wort. Zu dieser Zeit habe ich begonnen mir Witze und andere Sachen auszudenken, um dich aufzumuntern. Anfangs hat es lange gedauert, bis du gelacht hast, oft habe ich mich regelrecht zum Clown machen müssen, um dir ein Schmunzeln abzuringen. Aber mit der Zeit ging es besser.«

Am Ende waren wir fast eine Stunde in dem blöden Fahrstuhl. In meinem Leben hatte ich nie wieder so schlimme Ohrenschmerzen.

27 - FORREST GUMP

Schließlich machte ich eine Liste. Sollte ich den Pausenraum des Grauens überleben, wollte ich vier Punkte unbedingt abhaken. Erstens, die Party meines Lebens feiern. Zweitens, Maja sagen, dass sie besser aussieht als Nora Tschirner. Drittens, einen Dokumentarfilm über Papa und seine Krankheit drehen. Und viertens, ich wollte mir ausschließlich Freunde suchen, zu denen ich jederzeit sagen würde: *Das mit dem Auto ist egal, Hauptsache dir ist nichts passiert.*

Nachdem ich die Liste in meinem Handy gespeichert hatte, wählte ich den Notruf.

»Hallo«, meldete sich die Tatortkommissarin Nora Tschirner.

»Hi Nora, ich bin's.«

»Wo brennt's denn?«, fragte sie.

»Ich weiß nicht, was ich falsch gemacht habe«, sagte ich. »Jedenfalls wurde ich eingesperrt.«

»Sag das nochmal!«

»Ich bin in einem unterirdischen Raum und jemand hat abgeschlossen.«

»Niemand darf einen Fünfzehnjährigen einsperren, egal was er getan hat.« Sie war empört. »Das ist Freiheitsberaubung!«

»Ich werde bald sechzehn.«

»So oder so«, sagte Nora. »Wenn die Tür das nächste Mal aufgeht, läufst du los, hörst du? Wie Forrest Gump übers Footballfeld. Beine in die Hand und nicht zurücksehen. Und dann suchst du einen echten Polizisten und erzählst ihm, was passiert ist.«

»Gut«, sagte ich. »Verstanden.«

Das waren die Instruktionen, die ich gebraucht hatte. Langsam ging es mir besser. Ich machte es mir auf dem Stuhl gemütlich und legte den Kopf auf den Tisch. Dann war es kurz still, kein Zug rollte ein oder aus, und es passierte – mal wieder – etwas Sonderbares. Als wäre die Zeit zurückgedreht worden, verloren alle Dinge ihre Farben. Wie in der Dämmerung. Ich befand mich bei den Dreharbeiten in Onkel Falcos Hotel, lief die Treppe hinauf zu den Gästezimmern, und als ich oben ankam, führten die Stufen zu einem weiteren Stockwerk und immer weiter. Ich rief nach Henri und Tante Lisa und nach Maja und Jens Friebe, aber niemand antwortete. Das Haus war gespenstisch leer und hoch wie der Turm zu Babel. Irgendwann schaffte ich den Absprung von der Treppenirrfahrt und lief den Gang entlang, der zu den Gästezimmern führte, aber alle Räume waren verschlossen. Ich klopfte an eine Tür und das Klopfen wurde stetig lauter und dann hörte ich auf, aber das Geräusch des Klopfens ertönte trotzdem.

Ich hob den Kopf vom Tisch und da war das Pochen an der Tür des Pausenraums. Jemand war auf der anderen Seite und hantierte mit einem Schlüsselbund. Vielleicht war es die Polizei. Oder der DB-Mann war zurückgekommen, um mich zu foltern. Oder einfach nur die Putzfrau. Was auch immer, es war mir egal. Ich wollte da raus, in diesem Moment und nicht eine Minute später. Als die Tür fünf Zentimeter geöffnet war, sprang ich auf. Der Stuhl, auf dem ich gesessen hatte, fiel um, und dann rannte ich mit der rechten Schulter volle Wucht gegen die Tür. Es krachte und jemand rief »Hey!« und »Aua!«. Ohne mich umzusehen und so schnell ich konnte, lief ich den Gang entlang. An den Schließfächern vorbei, nach oben in die große Halle, in der wenige Menschen mit Rucksäcken und Koffern auf und ab gingen, als wäre nichts passiert.

An der großen Anzeigetafel über dem Infostand zeigte die Uhr kurz nach Mitternacht. Ich war demnach vier Stunden eingesperrt gewesen. Oder länger als einen Tag. Draußen war es dunkel und bei den Taxis stand tatsächlich mein Fahrrad an der Laterne. Ich sah mich um. Niemand folgte mir. Zumindest zeigte niemand besonderes Interesse. Ich holte den verdammten Schlüssel aus der Hosentasche, hob ihn hoch über meinen Kopf, für den Fall, dass irgendwo eine Kamera meine Flucht aufzeichnete. Neben dem Fahrradständer befand sich ein Müllbehälter. Dort warf ich den Schlüssel hinein.

Dann trat ich in die Pedale wie ich noch nie zuvor in die Pedale getreten hatte. Der verfluchte Bahnhof lag endlich hinter mir. Ich fuhr geradewegs Richtung Innenstadt, durch den Fußgängertunnel am Riebeckplatz, den ich normalerweise nicht durchquerte, weil sich dort Dealer und Junkies herumtrieben.

28 – ALPHAMÄNNCHEN

Als ich die Tür öffnete, kam mir eine Katze entgegen. Sie mauzte und strich um meine Beine, als wäre ich ihr Herrchen und unsere Wohnung ihr Zuhause.

»Was macht die denn hier?«, rief ich. Niemand antwortete.

Auf dem Küchenboden neben dem Kühlschrank lag eine Scheibe Salami. Die Katze schnupperte daran und legte sich daneben wie eine Sphinx. Sie war dünn, zerzaust und rotweiß getigert. Die gleichen Farben wie die Salami.

Im Badezimmer fand ich Henri. Er lag in der Wanne, den Kopf unter Wasser. Mit einer Hand hielt er sich die Nase zu, die Füße lagen auf dem Badewannenrand. Er hatte die Augen geöffnet und guckte mich durch die Wasseroberfläche an, als ich eintrat. Luftblasen stiegen auf.

»Hast du eine gute Zeit?«, fragte ich.

Henri tauchte auf. »Wie bitte?«

»Was macht die Katze hier?«, fragte ich.

»Keine Ahnung.« Er richtete sich auf und drapierte Badeschaum vor seiner Körpermitte. Dann tippte er sich an die Oberlippe. »Was ist denn mit dir passiert? Wo warst du so lange?«

»Wie meinst du das?«, fragte ich. »War die Katze hier, als du nach Hause kamst?«

»Sie stand unten vor der Haustür und ist mit nach oben gekommen.« Henri angelte sich ein Handtuch vom Wäschekorb und begann sich abzutrocknen.

»Warum hast du sie reingelassen?«, rief ich. »Bring sie wieder raus!«

»Keine Zeit.« Henri stieg aus der Badewanne und stapfte mit umgebundenem Handtuch und schaumigen Füßen ins Wohnzimmer. »Übrigens, das WLAN funzt wieder.«

»Wie das?« Ich folgte ihm.

Er überhörte meine Frage, setzte sich aufs Sofa und zeigte auf den Laptop. »Hier, sieh dir das an!«

Ich blickte auf den Monitor. Ein Standbild zeigte Axels roten BMW auf dem Parkplatz vor Onkel Falcos Gasthof. Dann spulte Henri zurück und wir sahen uns die Autofahrt zum Hotel an. Die Straße kam durch die Windschutzscheibe auf uns zu. Man hatte das Gefühl am Steuer des Wagens zu sitzen. Gar nicht so übel, die Aufnahme.

»Ich habe auch schon eine Idee, welchen Song wir unterlegen«, sagte Henri. »Was ist denn nun mit deinem Gesicht?«

»Ich bin an so Leute geraten«, sagte ich. »Am Bahnhof. Erzähle ich dir noch, aber erst muss die Katze weg! Mein Vater dreht sonst durch.«

»Was denn für Leute?«, fragte Henri. »Hitler oder was?«

»Schlimmer«, sagte ich und lockte die Katze zur Wohnungstür. »Miez, miez.«

»Was war denn in dem Schließfach?«, rief Henri mir nach. »Zweiundsiebzig Jungfrauen?«

»Weiß nicht«, sagte ich. »Miez, miez.«

Ohne Zögern folgte die Katze meinen Rufen, legte sich vor meine Füße und streckte den Bauch nach oben. Es war ein

Männchen. Ich nahm ihn auf den Arm und kraulte das weiche Fell. Der Kater umklammerte meine Hand mit seinen weißen Vorderpfoten, aber es tat nicht weh. Ich trug das Tier nach unten auf die Straße und setzte es auf den Bordstein. Der Kater blieb sitzen und sah mich an. Ich schlug den Befehlston an: Er solle sich vom Acker machen, die Flucht ergreifen, sich verdünnisieren. Hopp, hopp! Aber er rührte sich nicht. Ein Pärchen mit einem Hund schlenderte vorbei und auf der anderen Straßenseite ging ein Mann.

Apropos Hund. Auch bei Saubermanns brannte Licht. Als ich sie damals ein paar Wochen beobachtet hatte, waren sie wie eine Fernsehfamilie für mich gewesen. Vater, Mutter, zwei Töchter und ein Golden Retriever. Wochenlang hatte ich kein schlechtes Gewissen und beobachtete sie beim Abendessen, wie sie miteinander redeten, stritten, spielten. Ich dachte, vermutlich interessiere ich mich für intakte Familien. Nachdem ich aber Herr und Frau Saubermann beim Rummachen auf der Couch beobachtete hatte und der Hund saß die ganze Zeit dabei und hechelte mit heraushängender Zunge – fand ich es zunehmend komisch und bald machte es keinen Spaß mehr.

Der Mann von der anderen Straßenseite kam zu mir herüber und zeigte mit dem Finger auf mich. Der Kater saß noch an Ort und Stelle.

»Ey, du Wurstzipfel«, rief der Mann, »die Katze gehört dir nicht.«

»Ich weiß«, sagte ich. »Hat sich verlaufen.«

»Verlaufen?«, rief er.

»Sicher«, sagte ich.

»Verarschen kann ich mich alleine. Gib her!« Er nahm das Tier auf den Arm.

Der Mann sah nicht gut aus. Irgendwie ungesund. Mit seiner breiten, nach oben stehenden Nase, der blassen Haut, die im Laternenlicht rosa schimmerte, und den grunzenden Geräuschen erinnerte er mich an ein Schwein. Vor mir stand ein Mischwesen. Als hätte Gandalf einen Menschen in ein Schwein verwandeln wollen oder umgekehrt und hatte mittendrin keine Lust mehr. Der Schweinemann hatte einen breiten, behaarten Hals, trug Badelatschen, Unterhemd und eine Jogginghose. Der Kater turnte unruhig auf ihm herum, von einer Schulter auf die andere.

»Was hast du mit ihr gemacht?«, herrschte er mich an.

»Wir haben ihm Wurst gegeben«, sagte ich.

»Wie blöd kann man sein? Weiß doch jedes Kind. Das ist zu salzig für Katzen!« Der Schweinemann sah mich an, als hätte er diese Information von einer übergeordneten, die Wahrheit verkündenden Instanz, die regelmäßig zu ihm und allen anderen Menschen sprach, nur nicht zu mir. »Isso.«

Noch so ein bescheuerter Erwachsener! »War ja auch nicht meine Idee«, sagte ich.

Der Mann war noch auf eine weitere Art unangenehm. Ich brauchte zwei oder drei Minuten, bis ich es erkannte. Er kam beim Miteinandersprechen zu dicht heran. Er hielt nicht den gewohnten Abstand ein, sondern rückte mir auf die Pelle. Er stand mit dem rechten Schuh schon eine Weile auf meinem linken. Langsam zog ich meinen Fuß unter seinem hervor.

»Was'n los, meine Kleine?« Er steckte seine Wurstfinger in das rotweiße Fell.

»Übrigens«, sagte ich, »es ist ein Kater.«

»Was willst'n du noch?«, grunzte der Schweinemann. Das Tier sprang von ihm ab wie von einem Dreimeterbrett, machte einen hohen Bogen auf die Straße und verschwand unter einem blauen Opel.

»Au!«, rief der Schweinemann.

»Ich glaube, er mag Sie nicht«, sagte ich.

»Was? Halt die Klappe, du …« Der Mann bückte sich umständlich, um unter das Auto sehen zu können, und nuschelte dabei Unverständliches. Dabei rutschte seine Jogginghose ein Stück nach unten. Auf den Arschbacken waren Tattoos. Ich sah die Fratze eines Horrorclowns und einen asiatischen Schriftzug. »Miezi, komm da vor!«

»Bleib in Deckung, Miezi«, rief ich.

»Wie bitte?« Der Mann stand so umständlich auf, wie er sich hingekniet hatte, und machte einen Schritt auf mich zu.

Ich hob beide Hände. »Dem Kater geht's doch gut, oder? Entspannen Sie sich mal.«

»Das kannste deiner Mutter erzählen, du Lötkolben!« Der Mann hielt einen Arm über seinen Kopf, als holte er aus, um mich zu schlagen.

»Was haben Sie gesagt?« Ich wich zurück.

»Du hast richtig gehört. Husch, zurück ins Hotel Mama!«

»Lass meine Mutter aus dem Spiel, du Stinkbombe!«

»Die kannste gern mal vorbeischicken! Har har!«

Der Mann lachte und sah mich mit zur Seite geneigtem Kopf an. Ich legte den Kopf in den Nacken und sah hoch in den Nachthimmel und im nächsten Augenblick legte sich ein Schalter um. Ich wurde nicht panisch oder so. Vielmehr breitete sich von einem Moment auf den anderen eine erstaunliche Ruhe in mir aus. Als stünde ich auf einer Blumenwiese und blickte auf eine sommerwarme Landschaft. Ich atmete tief ein. Dann wich die Ruhe blitzartig einer ungeheuren Wut und ich trat dem Mann mit voller Kraft vors Schienbein. Original auf den Knochen. An einem normalen Tag wäre ich jetzt definitiv weggerannt, aber ich blieb stehen und wartete. Um bei der Wahrheit zu bleiben: An einem normalen Tag hätte ich gar nicht zugetreten.

»Du Lauch«, zischte der Typ und holte wieder aus. Diesmal schlug er zu. Seine flache Hand traf voll auf mein linkes Ohr.

Es dröhnte, als stünde ich unter einer Glocke. Dann zischte ein Pfeifen durch meinen Kopf.

»Was?«, schrie ich ihn an. »Das ist alles?«

Der Mann stand da und sah nach rechts und links über seine Schultern. Ich glaube, er wusste auch nicht recht, was hier vor sich ging.

»Mehr hast du nicht drauf, du Freak?«, schrie ich noch lauter und ging auf ihn los. Trat nach ihm, versuchte seinen dicken Bauch mit meinen Fäusten zu treffen. Dabei lachte ich, als wäre ich nicht bei Sinnen. So hatte ich mich noch nie erlebt.

»Du bist doch völlig gestört.« Der Schweinemann hielt mich mit einer Hand am Kopf fest. So konnten ihn meine Schläge nicht erreichen. Ich ruderte wie wild und warf mich gegen ihn. Aber er war definitiv stärker als ich.

»Du hast dich mit dem Falschen angelegt«, brüllte ich. Das irre Lachen hatte sich verselbständigt. Ich war es nicht mehr, der hier lachte. Als er sich wegdrehte, trat ich in seinen tätowierten Arsch. Er blickte zurück und zeigte mir den Mittelfinger. Er lief zwischen zwei Autos hindurch auf die andere Straßenseite. Der Kater war nirgends zu sehen. Ich stand eine Weile und atmete tief ein und aus – wie ein brunftiges Alphamännchen, das seinen Widersacher in die Flucht geschlagen hatte. Dann ging ich zurück ins Haus.

Im Wohnzimmer schlief Henri tief und fest in Papas Sessel, den Laptop auf dem Schoß. Auf dem Tisch lagen eine Tüte Chips und eine angebrochene Tafel Schokolade. Ich ließ mich mit der Chipstüte aufs Sofa fallen. Plötzlich hatte ich Lust Musik zu hören. Und diese Lust war etwas vollkommen Neues. Wie ein Verlangen nach etwas, dass ich noch nie zuvor getan hatte. Ich setzte meine Kopfhörer auf und hörte Hip-Hop. Sie spielten *Jenny from the Block* und Blumentopf mit *Was der Handel* und Sachen, die ich nicht kannte, aber fasziniert zuhörte, und der letzte Song, an den ich mich erinnere, bevor ich einschlief, war *In da Club* von 50 Cent.

29 - GESCHWISTERLIEBE

Am nächsten Tag schliefen wir bis zwölf. Nach dem Aufstehen zeigte Henri mir, woran er gearbeitet hatte.

»Die Effekte sind so simpel und so geil. Wenn ich zum Beispiel dieses Objekt freistelle, siehst du? Dafür musst du entweder 36 Millimeter auf full frame oder 25 Millimeter auf APSC nehmen. Am besten mit einer einsfünfer Blende oder einer einsachter. Dadurch kannst du die Raumdynamik dramatisch verändern.«

Henri tippte und klickte mit einer Geschwindigkeit auf dem Laptop, switchte zwischen Programmen und Tabs hin und her, dass ich kaum folgen konnte. Er spulte die Aufnahmen vor und zurück. Zwei Füße gingen rückwärts eine Treppe hinunter, dann wieder vorwärts. Wasser floss zurück in den Duschkopf. Die Rauchwolke einer Zigarette verschwand in einem Mund. Die Welt lief rückwärts. Ich ging wieder ins Bett.

Das erste Mal in diesen Tagen war mir egal, was Papa trieb. Es machte mich auch nicht nervös, dass ich mein Handy im Pausenraum des Grauens liegen gelassen hatte. Soll er doch anrufen und ein Schwätzchen mit dem DB-Mann halten! Und in Majas Leben spielte ich doch eh nur eine Nebenrolle! Ich war der Statist, der den Star anhimmelte. Bestimmt war es besser so. In Zukunft würde ich mich um meinen Vater kümmern müssen. Da war kein Raum für Verliebtsein. Ich machte es mir gerade in meinem Bettzelt gemütlich, als Henri hereinplatzte, die Decke wegzog und mich angrinste, als hätte er einen Sechser im Lotto. Er hielt sein Telefon in der einen Hand, mit der anderen zeigte er auf das Display.

»Was?«, fauchte ich.

»Maja kommt heute Abend. Hat Alma mir gerade geschrieben«, sagte er. »Wie lange willst du dich noch verstecken?«

Später sahen wir unseren Film mehrmals von Anfang bis Ende an. Ich fand ihn sensationell. Nicht weil es der erste Film war, in dem ich mitspielte. Mein Gesicht war eh nicht zu sehen. Die Story war spannend und blutrünstig und die Aufnahmen gestochen scharf. Henri wusste, was er tat. Der Film war schlicht und einfach großartig. Meine Meinung. Nachdem wir die finale Version abgenickt hatten, kam die Nervosität mit großen Schritten. Den halben Nachmittag verbrachten wir auf meinem Bett und redeten. Ich erzählte alle Einzelheiten vom Pausenraum des Grauens, Henri referierte über Schnitttechniken, Farbabgleiche und Tiefenunschärfen. Später gingen wir zu Henri, Geld holen und auf dem Rückweg kauften wir ein für die Party.

Alkohol war – wie sich herausstellte – kein Problem. Wir fragten Paul, Henris großen Bruder. Der war neunzehn und zickte auch nicht rum, denn er brauchte etwas von Henri. Paul stand unheimlich auf Theresa, ein Mädchen aus Henris ehemaliger Klasse. Und Henri war mit Theresa befreundet und hatte ihre Telefonnummer. Paul bekniete Henri seit Wochen wegen dieser Nummer und nun war der Zeitpunkt gekommen, da Henri etwas von seinem Bruder brauchte. Also kam Paul mit in den Supermarkt, zeigte an der Kasse seinen Ausweis und bekam im Gegenzug Theresas Nummer. Ich wollte Paul zur Party einladen, aber bevor ich ausgesprochen hatte, boxte Henri mir in die Seite und schüttelte energisch den Kopf. »Zwischen uns gibt es eine Abmachung«, erklärte er, als Paul weg war. »Jeder hält sich aus dem Leben des anderen so weit wie möglich raus.« Sie seien Brüder, aber sie verbinde eine Art Hassliebe, also unterm Strich mehr Hass als Liebe. Jedes Mal, wenn sie in der Vergangenheit etwas zusammen gemacht hatten, war es zwischen ihnen eskaliert. Deshalb hätten sie sich auf diese Geben-und-Nehmen-Methode geeinigt. Ich hätte ja keine Ahnung von Geschwisterliebe und das Thema sei damit beendet.

30 - CHIPS UND MARSHMALLOWS

Wir füllten den Kühlschrank mit Cola, Mate, Bier und Wodka. Dazu gab es ein Büfett aus Chips und Marshmallows. Es war halb neun, als die ersten Gäste ankamen.

»Internationale Härte«, sagte Tino in der Tür. Er war mit Felix in ein Gespräch vertieft. »Hi Leo.«

»Tach.« Felix klopfte mir auf die Schulter.

»Ja, sicher«, sagte er, »aber die Frage ist, wann hast du dich davon erholt?« Sie liefen an mir vorbei in die Küche und begrüßten Henri.

»Stimmt«, sagte Tino, »das kann schon eine halbe Saison dauern.«

»Warum aber Gomez wieder im Kader ist«, sagte Felix, »kapier ich nach wie vor nicht.«

»Kein Plan. Aber Kroos geht ab dieses Jahr. Wird entscheidend sein nach der Gruppenphase, jede Wette.«

»Ja, der macht sich.«

»Habt ihr die Qualispiele gesehen?«

»Nee, mein Alter ist zu geizig für Sky.«

»Schöne Scheiße.«

»Übrigens, deine SMS ist angekommen.« Henri sprach plötzlich ganz nah an meinem Ohr. Er roch nach Bier.

»Was meinst du, Darling?«, flüsterte ich.

»Die du mir geschrieben hast«, sagte er, »als du am Bahnhof gefangen warst.«

»Ach.«

»Jo.«

»Dann hat jemand mein Handy«, sagte ich. »In der Zelle war kein Empfang.«

»Soll ich zurückschreiben?«, fragte Henri.

Ich sah den DB-Mann vor mir, wie seine dicken Finger versuchten die Tastensperre meines Handys zu lösen. »Ja«, sagte ich, »mach ihm ein Angebot, dass er nicht ablehnen kann.«

»Ich schreibe: I'll be back, Schweinebacke!«, sagte Henri.

Als Nächster stand Hannes in der Tür.

»Alter, was geht?« Er stülpte mehrmals seine Wange mit der Zunge nach außen und zwinkerte mir zu. »Ist Nina schon da?«

Irgendwann drückte ich nur noch auf den Türöffner der Gegensprechanlage, wenn es klingelte. Mit einer Mate hockte ich im Schneidersitz neben der Wohnungstür und begrüßte die Gäste. Durch den alten Holzperlenvorhang beobachtete ich das Treiben in unserer Küche. Daniel und Kevin unterhielten sich über Klingeltöne. Micha beschwerte sich über unseren Direktor, der ihn regelmäßig ermahnte, weil er notorisch zu spät kam. »Der hatte mich von Anfang an auf dem Kieker«, sagte Micha. »Jeden Morgen dreht der Kneissl seine Runde auf dem Schulhof und fängt die Zuspätkommer ab. Meine Eltern bekommen ständig blaue Briefe.«

»Wach auf, ey«, rief jemand. »Der steht auf deine Mom.«

»Das ist nicht witzig.«

Im Hausflur stand ein dunkelhaariger Typ, den ich nicht kannte, und schaute zur Tür herein. Er hatte einen altmodischen Haarschnitt. Wie John Connor in *Terminator 2*. In einer Hand hielt er ein Sixpack Bier.

»Hi.« Er machte Bewegungen wie ein Skiläufer, als er sich die Schuhe abstreifte.

»Wer bist du?«, fragte ich.

»Ein Freund von Fränze.«

»Wer ist Fränze?«, fragte ich.

»Sie kommt später.«

»Aha.«

»Ich hab was zu trinken dabei«, sagte er. »Wo kann ich das kaltstellen?«

»Dort geht's zum Kühlschrank.«

»Okay.« Er streckte mir seine freie Hand entgegen. »Chris.«

»Leo.«

»Wann geht der Film los?«, fragte Chris.

»Haben wir auf 23 Uhr angesetzt«, sagte ich.

»'kay.«

Als ich später von der Toilette kam, stand Lukas vor dem Kühlschrank und verteilte Getränke. Jedes Mal, wenn er eine Flasche rausgab, sagte er »Bittschä, gnä' Frau!« oder »Sehr zum Wohle, der Herr!«

Mittlerweile war es halb zehn, in allen Räumen waren Leute und redeten und lachten. Ich verlor langsam den Überblick. Von Maja fehlte jede Spur. Die Wohnungstür stand offen, andauernd kam oder ging jemand. Auch aus der Parallelklasse sah ich Gesichter. Bea war gekommen, und Philip, sogar der schöne Yasin. Jemand rief, es sei keine Cola mehr da. Vom Korridor aus sah ich über die Köpfe hinweg Henri. Er war im Wohnzimmer, wo die Filmvorführung stattfinden sollte, und dirigierte Hagen und noch jemanden. Sie sollten ihm helfen die Stühle, den Sessel und den Tisch zu verschieben. Er wolle Kinoatmo, so nannte er das. Er rief nach mir. Bestimmt sollte ich ihm mit der Technik helfen. Aber ich war noch nicht fertig mit meiner Suche nach Maja und ging ins Treppenhaus.

»Leo«, sagte jemand neben mir. Es war Mike Müller, genannt Stoffmüller. Er grinste, wie er immer grinste. Dabei zog er die Oberlippe einseitig nach oben, so dass ein Eckzahn zum Vorschein kam. Seinen Spitznamen hatte er weg, seitdem er einmal von der Wittich erwischt worden war, wie er vor dem Sportunterricht Marihuana in seinen Joghurt bröselte. Alle vermuteten, dass er regelmäßig kiffte. Oder er lief von Geburt an neben der Spur. Wie eine Figur aus »Alice im Wunderland«. Jeder, der ihm zum ersten Mal begegnete, hatte den Eindruck, er könne die Jahreszeiten nicht in der richtigen Reihenfolge aufsagen. Das Seltsamste aber war sein Notendurchschnitt. Der war nämlich glatt eins. Auch die Lehrer wussten nicht, was sie von ihm halten sollten. Einmal bemängelte die Wittich vor der ganzen Klasse seinen »Unwillen zur Integration« und seine »fehlende sittliche Reife« oder so ähnlich, aber nichts änderte sich. Er beteiligte sich nicht mehr am Unterricht als zuvor, vergaß seine Bücher und die Hausaufgaben – und meisterte dennoch jeden Test und jede Klausur. Als hätte ihm jemand im Voraus die Ergebnisse zugesteckt. Der Typ war mir eine Nummer zu hoch.

»Hi Stoffi.«

»Henri sucht dich«, sagte er.

»Ich weiß«, sagte ich. »Sag mal, hast du Alma und so gesehen?« Alma war Majas beste Freundin. Wo sie war, würde ich mit Sicherheit auch Maja finden.

»In der Küche, glaub ich.« Stoffmüller sah grinsend an mir vorbei zu den Buntglasfenstern eine halbe Treppe tiefer.

»Du, bald geht der Film los«, sagte ich. »Geh doch schon mal ins Wohnzimmer.«

»Was geht los?«

»Der Film.«

»Was läuft denn?«, fragte er und blinzelte.

»Na, auf jeden Fall nicht Bruce Willis«, sagte ich.

»Wieso nicht?«

»Ach Stoffi, lass dich überraschen.«

»Okay«, sagte er. »Übrigens, Cola ist alle.«

In der Küche entdeckte ich Alma. Sie lehnte am Fensterbrett, ihre linke Hand spielte mit einer Haarsträhne. Ich konnte nicht erkennen, mit wem sie sich unterhielt. Wenn Maja hier war, konnte sie jetzt nicht mehr weit sein. Ich drängelte mich zum Kühlschrank und ließ mir von Lukas eine Mate geben. »Sehr zum Wohle!« Dann arbeitete ich mich vor bis zum Fenster.

»Hi Alma.«

»Hey!« Sie lächelte. Neben ihr standen Micha und Louise. Maja war nirgends zu sehen.

»Was ist denn mit dir passiert?« Alma verzog das Gesicht und fasste sich an den Mund. »Du siehst so ramponiert aus.«

»Ach das«, sagte ich, »nichts weiter.«

»Sieht irgendwie cool aus.«

»Wo ist der Rest von euch?«, fragte ich. »Maja und so?«

»Sie kommt gleich.«

»Ach.«

»Ja, sie war mit ihren Eltern in Frankreich, sind heute erst zurückgekommen«, sagte Alma. »Sag mal, habt ihr noch Cola?«

»Ich sehe mal nach«, sagte ich. »Henri hat mich gerufen. Bin gleich wieder da.«

Im Wohnzimmer strafte Henri mich mit dem bösen Blick.

Dann lachte er, weil der Beamer endlich den Bildschirm des Laptops auf die Wand über dem Esstisch projizierte.

»Maja ist noch nicht da«, sagte ich leise.

»Ich weiß«, sagte er. »Sie hat geschrieben und gefragt, ob wir warten können mit dem Film.«

»Wieso sagst du mir das jetzt erst?«, rief ich.

»Ich hab doch die ganze Zeit nach dir gerufen, Romeo. Entspann dich!«

Henri schaltete den Beamer aus, drehte den Laptop zur Seite, so dass niemand sonst draufschauen konnte, und wir ließen den Film noch einmal durchlaufen, das x-te Mal an diesem Tag. Jeder einen Kopfhörer im Ohr grinsten wir um die Wette, denn wir waren supernervös.

»Läuft«, sagte Henri und trommelte mit den Fingern ein Schlagzeugsolo auf der Tischplatte. Eine Fliege lief kreuz und quer zwischen den Flaschen über den Tisch. Plötzlich hatte ich das dringende Bedürfnis nach frischer Luft.

»Wie spät hast du es?«, fragte ich.

»Kurz nach zehn, wieso?«

»Wir brauchen Nachschub«, sagte ich, »Cola ist aus. Ich gehe nochmal los.«

»Im Ernst?«, sagte Henri. »Scheiß doch drauf.«

»Dauert nur fünf Minuten«, sagte ich. »Pass auf, dass die Wohnung überlebt, solange ich weg bin.«

31 - TOFU-WIENER

»Entschuldige, Jungchen. Wo muss ich hin?« Auf der Straße vor dem Supermarkt stand eine kleine, alte Frau mit goldenen Ohrringen. Im Vorübergehen zupfte sie an meinem T-Shirt.

Nicht jetzt, dachte ich. Nicht schon wieder. »Woher soll ich das wissen?«, sagte ich.

»Aber ...«, stammelte sie.

»Nein.« Ich wendete mich ab und ging auf die Glastür des Supermarktes zu.

»Wo muss ich denn hin?«, hörte ich die Alte jammern.

Sind denn jetzt alle verblödet?, dachte ich. Oder lief hier einer durch die Stadt mit seinem Blitzdings wie in *Men in Black*? War denn auf niemanden mehr Verlass? Ich scannte das Gesicht der alten Frau. Es war stark geschminkt.

»Es tut mir leid«, sagte ich und lächelte, obwohl mir nicht danach war. »Die Party meines Lebens findet gerade statt. Ich muss weiter, verstehen Sie?«

Die Augen der Frau suchten irgendwo Halt. Sie holte mit zitternden Händen ihre Brieftasche hervor, nahm etwas heraus und hielt es mir hin. Es waren zwei Fünf-Euro-Scheine. Ich zog die Frau am Ärmel zu mir heran, weil ein Radfahrer den Gehweg entlang bretterte, und nahm ihr die Brieftasche aus der Hand. Ich steckte das Geld wieder hinein und behauptete, alles werde gut. Auf ihrem Ausweis fand ich die Adresse. Sie wohnte zwei Querstraßen weiter.

Ich sagte: »Kommen Sie, es ist nicht weit. Aber nicht trödeln!«

Die Frau folgte. Tippelte wortlos hinter mir her. An der Wand neben ihrem Hauseingang war ein finsteres Männchen gesprayt, darüber stand *Meine Freunde nennen mich Lenny*. Ein Lächeln erstrahlte auf ihrem Gesicht, als sie das Graffiti sah. Sie berührte meine Hand und drückte den Klingelknopf neben ihrem Nachnamen. Im Haus begann ein Hund zu kläffen. Ein weiteres Mal holte sie die Fünf-Euro-Scheine aus ihrer Brieftasche. Dieses Mal nahm ich das Geld und bedankte mich.

»Nun gehen Sie zu Ihrer Tanzveranstaltung«, sagte sie, zückte ihren Schlüssel und öffnete die große Tür. Der Hund bellte wie wild. »Ich bin doch da, Winston, immer mit der Ruhe.« Dann verschwand die Alte im Haus.

Wie viele Menschen liefen eigentlich durch die Gegend, ohne zu wissen, wie sie hießen, wo sie wohnten oder welchen Tag wir haben? *Ein Wunder, dass nicht alles den Bach runtergeht*, dachte ich, obwohl offensichtlich nur ein Bruchteil der Menschheit vollen Zugriff auf seinen Verstand hat.

Im Supermarkt sah ich nach den Mitarbeitern im Kassenbereich. Herr Friebe war nicht unter ihnen. Ich lief die Gänge entlang, schaute den anderen in die Einkaufswagen und holte sechs Zwei-Liter-Flaschen Cola aus der Getränkeabteilung. Ein Mann hielt feierlich eine Flasche Wein hoch und redete auf eine Frau ein, die sich auf den Wagen lehnte und nur einsilbig antwortete. Vor den Kühlregalen bei den Milchprodukten entdeckte ich ihn. Herr Friebe hob gerade einen Karton an und stöhnte. Ich schob mich vor das Regal, nahm einen Joghurt in die Hand und schielte zu ihm hinüber. Er trug wieder ein T-Shirt mit Aufdruck. Ich wechselte zum Schnittkäse und stellte die Cola zwischen meine Beine. Von hier hatte ich einen besseren Blick. Auf seinem dunkelgrünen Shirt stand in weißer Schrift: *Früher war mehr Lametta*.

»Entschuldigen Sie, Herr Friebe.« Ich trat einen Schritt näher. »Wo finde ich die Tofu-Wiener?«

Der Typ guckte auf sein Namensschild, dann richteten sich seine Augen auf mich. Er runzelte die Stirn, als misstraute er mir oder überhaupt seiner Umwelt.

»Dort vielleicht?«, sagte er und zeigte mit dem Daumen über seine Schulter.

»Vielleicht?«, fragte ich.

»Ja«, sagte er. »Ist doch ein schönes Regal.«

Ich wusste nicht, was ich darauf antworten sollte. Also sagte ich: »Wenn ich mir ihr Album besorge, würden Sie mir ein Autogramm geben?«

»Mein *was*?«

»Sie sind doch Jens Friebe, der Musiker?«

Nach dieser Frage bewegten sich seine Mundwinkel langsam nach oben. Seine untere Gesichtshälfte wandelte sich im Zeitlupentempo zu einem breiten Grinsen, die obere Zahnreihe blitzte auf. Er lachte los und bekam einen Hustenanfall. Eine halbe Minute röchelte er und ich überlegte, ob ich ihm den Rücken klopfen sollte. Als er sich beruhigt hatte, kam er näher, als hätte er etwas Wichtiges mitzuteilen.

»Ich wusste doch, ich kenne dich irgendwoher. Du bist der Junge aus dem Park, stimmt's?«

»Ja«, sagte ich. »Und ich mag ihren Song.«

»Welchen Song?«

»Das mit dem Auto ist egal, Hauptsache dir ist nichts passiert.«

»Ach Junge«, sagte Herr Friebe, »wenn ich solche Songs auf Lager hätte, würde ich dann Supermarktregale einräumen?«

»Aber …«

»Nix aber«, sagte er. »Verrat's keinem, vor allem nicht meinem Chef, aber ich bin nicht der Friebe. Jens Friebe wohnt in Berlin, glaub ich.«

»Ach«, sagte ich.

»Ja, so ist das.«

Eine Weile standen wir uns gegenüber und sahen uns an. Ich stellte den Joghurt zurück zu seinen Artgenossen.

»Ist aber irre gute Musik«, sagte er. »Die vom echten Friebe.«

»Ja, absolut.«

»Und sein Bruder schreibt Bücher«, sagte er. »Auch gutes Zeug.«

»Okay«, sagte ich.

»Findste alles im Internet.« Er bückte sich nach einem Karton mit Frischkäse. »Ich muss dann wieder.«

»Sicher«, sagte ich und rieb meine Hände aneinander, die ganz kalt geworden waren. »Wollte nicht stören. Schönen Abend noch.«

32 - COPS

Im Treppenhaus warteten Yasin und Philip bereits auf den Nachschub und nahmen mir die Getränke ab. Vor der Tür saß Henri und breitete die Arme aus, als er mich sah. Er roch jetzt stark nach Bier und Tabak.

»Hast du geraucht?«

Er antwortete nicht, lächelte nur. Ich tätschelte seinen Kopf und setzte mich neben ihn. Die Party war in vollem Gang und hatte sich bis auf die Straße ausgebreitet. Ständig stolperte jemand die Treppe hoch oder runter.

»Was riecht hier so?«, fragte ich.

»Irgendwer hat Patschuli ins Treppenhaus gekippt«, sagte Henri.

»Bestimmt Ben oder Frank.«

Im nächsten Moment kamen zwei Polizeibeamte die Treppe nach oben. Ein älterer Mann mit akkuratem Schnauzbart, dahinter eine junge Polizistin. Sie waren in voller Montur, mit Schlagstöcken und Pistolen am Gürtel.

»Guten Abend«, sagte der Mann und richtete seinen Blick auf einen kleinen Notizblock in seiner Hand.

Ich stieß Henri in die Seite, der sich mit Hagen unterhielt, und sagte: »Shit. Ich meine, guten Abend.«

»Guten Abend«, wiederholte der Polizist. »Polizeihauptmeister Holzinger und Polizeimeister König. Sind wir hier richtig bei Adler?«

Meine Stimme zitterte ein »Ja« hervor. Ich bekam einen Schweißausbruch. Das war es dann wohl mit der Filmvorführung und der Party meines Lebens. Jetzt hieß es Schadensbegrenzung. Ich versuchte wohlerzogen und gesprächsbereit zu wirken und streckte dem Schnauzbart meine Hand entgegen.

Er ignorierte sie und fragte: »Was ist das für ein Geruch?«

»So ein Duftöl«, sagte ich. »Nicht, was Sie denken.«

Nicht was Sie denken? Wie bescheuert war ich? Da konnte man doch gleich sagen, ich habe Marihuana in der Federmappe, bitte hier entlang.

»Was denke ich denn?«, fragte der Polizeihauptmeister freundlich.

»Ich weiß nicht. Ähm. Hier wohnen Adlers.«

»Entschuldigen Sie, Officer. Sind wir zu laut?«, schaltete Henri sich ein. Und dann schrie er in die Wohnung: »Ruhe! Die Cops sind da!«

Schlagartig verstummten die meisten Gespräche. Als hätte jemand am Lautstärkeregler gedreht.

»Wir sind wegen einer anderen Angelegenheit hier. Herr Adler«, der Mann blickte in meine Richtung, seine Stimme klang sehr ernst, »wir würden gern unter vier Augen mit ihnen sprechen.«

»Ha-ha«, rief Stoffmüller hinter uns. Er klang wie Nelson von den Simpsons.

»Psst!« Henri boxte ihm gegen das Schienbein.

»Herr Adler, begleiten Sie uns nach draußen?«, fragte die Polizistin. »Es dauert nicht lang.«

»Ja, natürlich.« Ich zog mich am Treppengeländer hoch.

»Und bitte nennen Sie uns nicht Officer oder Cops.«

»Jawohl, Sir.« Stoffmüller konnte es nicht lassen.

»Reiß dich zusammen, Stoffi«, zischte Henri. »Sonst können wir alle nach Hause gehen.«

»Ha-ha.«

Die Polizistin ging voran und ich folgte ihr. Hinter uns reihte sich Polizeihauptmeister Holzinger ein. Die Polizistin sah verdammt gut aus. Wie Chloë Grace Moretz in Uniform. Ein blonder Zopf ragte unter ihrer Mütze hervor. Er hüpfte hin und her, als sie die Treppe nach unten lief. Auf der Straße vor den Garagen stand der Dienstwagen, ein VW-Bus, mit pulsierenden Warnlichtern. Hinter den Fensterscheiben der Häuser tauchten die Gesichter der Nachbarn auf. Der Schnauzbart öffnete die Seitentür des Busses und machte eine Handbewegung wie ein Kellner, der seinem Gast einen Tisch zuweist.

»Bitte setzen Sie sich. Hier sind wir hoffentlich ungestört.«

Ich nahm auf der Rückbank Platz, die beiden Beamten setzten sich auf die andere Seite eines kleinen, weißen Tisches. Man hätte denken können, wir machen einen Campingausflug. Die Polizistin lächelte mich an. Marvin sah durch die Seitenscheibe zu uns herein. Als er seine Flasche ansetzte, schlug ihm jemand auf den Rücken. Er prustete, Bier lief rechts und links über sein Kinn. Weiter hinten stand Stoffmüller und schnitt Grimassen.

Hauptmeister Holzinger verzog keine Miene und entschuldigte die »späte Störung«. Es gebe allerdings Gründe, eine Befragung »zeitnah« durchzuführen. »Es geht um die Sache am Bahnhof.«

»Ach, so«, sagte ich. Nun würde sich rausstellen, ob ich einen Anwalt brauchte.

Der Polizist fragte nach meinem vollständigen Namen.

»Herr Leopold Adler, Sie sind doch Leopold Adler?«

Ich nickte.

»Sie waren gestern«, er nannte das Datum, »zwischen 20 Uhr und Mitternacht am Hauptbahnhof. Ist das korrekt?«

»Können Sie bitte du zu mir sagen?«, sagte ich. »Dann kann ich mich besser konzentrieren.«

»Selbstverständlich. Ich wiederhole«, der Mann sprach wie eine Maschine, »du warst gestern zwischen acht Uhr abends und Mitternacht am hiesigen Hauptbahnhof. Korrekt?«

Seine Kollegin lächelte noch immer in meine Richtung. Sie hatte gepflegte Hände. Wie aus einer Manikürewerbung. Wenn ich antwortete, schrieb sie etwas in ihr Notizbüchlein.

»Das ist korrekt«, sagte ich.

Es gebe Videoaufnahmen, auf denen zu sehen sei, wie ich den Bahnhof betrete und wieder verlasse. Es gebe außerdem Anlass zu der Annahme, dass ich die vier Stunden und elf Minuten nicht freiwillig dort verbracht hätte.

»Das stimmt«, bestätigte ich.

Der Polizeihauptmeister fragte, ob ich nicht ausführlicher werden könnte. Wir seien doch unter uns. Und ich dachte, will der mich verarschen? Nein, ich möchte meine gesammelten Peinlichkeiten der vergangenen Tage nicht vor der superhübschen Polizistin ausbreiten. Für wie blöd hält der mich?

»Na gut. Nächste Frage: Gehört dir dieses Telefon?« Der Schnauzbart legte mein Handy auf den Tisch. »Oder kennst du den Eigentümer?«

»Sieht aus wie meins«, sagte ich. »Darf ich?«

Ich hob einen Finger, wartete, bis beide genickt hatten und drückte den Homebutton. Das Display leuchtete auf. Im Vorschaufenster erkannte ich, dass eine Nachricht von Maja eingegangen war. »Hi Leo, das ist …« Mehr konnte ich nicht lesen. Hauptmeister Holzinger zog das Telefon zu sich.

Was hatte Maja da geschrieben? Das ist ja nett, dass du an mich gedacht hast? Das ist ja das Allerletzte? Worauf ich schon mein Leben lang warte?

»Herr Adler, ist das Ihr Funktelefon?«

Sie hatte geantwortet! Meine erste SMS von Maja! Die erste wirklich wichtige SMS meines Lebens!

»Korrekt«, sagte ich fröhlich. »Es gehört mir. Brauche ich jetzt einen Anwalt?«

Die Polizistin lachte kurz auf und schüttelte den Kopf. Der Schnauzbart zeigte keine Regung. Stattdessen zog er ein A4-Blatt aus einer schwarzen Mappe und legte es vor mich. Darauf waren Aufnahmen von Überwachungskameras. Gesichter, drei Männer und eine Frau. Unter ihnen erkannte ich den DB-Mann und den Obdachlosen, der uns den Schlüssel zugesteckt hatte. Die anderen hatte ich noch nie gesehen. Und ich dachte, ich sei hier verdächtig! Ich entspannte mich und überlegte, wie ich schnellstmöglich an mein Handy kommen konnte. Es fiel mir schwer, aber ich blieb brav sitzen und wartete auf weitere Fragen und Anweisungen.

»Ähm, nein. Ja.«

»Wie bitte? Kennst du eine dieser Personen?«, fragte der Hauptmeister.

»Ich bin dem und dem mal begegnet«, sagte ich und tippte auf die beiden Gesichter.

»Erzähl uns davon.« Hauptmeister Holzinger versuchte die Beine zu überschlagen, aber es war nicht genug Platz in dem Bus. Er lächelte gequält.

Ich schilderte die Begegnung mit dem Alten vor dem Supermarkt. Die Sache mit der 72 und dass Henri mit von der Partie war, ließ ich vorsorglich weg. Mein Gefühl sagte mir, das könnte die Sache unnötig kompliziert machen. Der alte Mann habe einen seltsamen Eindruck gemacht, sagte ich. Er habe mir den Schlüssel in die Hand gedrückt und gesagt, er gehöre zu einem Schließfach am Bahnhof.

»Welchen Wortlaut hat er verwendet?«, fragte der Polizist.

»Ich kann mich nicht erinnern«, sagte ich.

»Gut. Weiter. Bitte.«

Ich sei natürlich neugierig gewesen und zum Bahnhof gefahren, erzählte ich weiter. Der Schlüssel habe aber nicht zum Schließfach 144 gepasst. Die Polizistin sah ihren Kollegen an. Der zog eine Augenbraue hoch, und machte eine Handbewegung, die anscheinend bedeutete, dass sie weiter Notizen machen sollte. Jedenfalls kritzelte sie mit ihren schönen Händen auf dem winzigen Block herum. Von Zeit zu Zeit nickte sie aufmunternd – wie die Wittich, wenn sie uns zu einer Gruppenarbeit animieren will.

Der Polizeihauptmeister hielt einen kurzen Vortrag. Es stellte sich heraus, dass der Obdachlose und der DB-Mann unter einer Decke steckten. Die Sache schien verzwickter zu sein, als das Geheimnis von 72.

»Was genau haben die angestellt?«, fragte ich.

Der Schnurrbart wippte auf und ab. Der Polizist suchte nach Worten und bewegte seine Lippen, als führe er eine Mundspülung durch. »Über laufende Ermittlungen werden grundsätzlich keine detaillierten Auskünfte gegeben. Aber so viel darf ich verraten: Wir suchen seit geraumer Zeit nach Zeugen, mit denen wir die bislang eruierte Sachlage verifizieren können.«

»Aha«, sagte ich.

»Eine Frage noch.« Der Mann rutschte auf dem Sitz hin und her und versuchte freundlich auszusehen. »Was hast du beim Verlassen des Bahnhofs in den Müllbehälter beim Taxistand geworfen?«

Einen Versuch war es wert. »Kennen Sie das Geheimnis von 72?«, fragte ich.

Die Beamten sahen erst mich an, dann blickten sie einander in die Augen.

»Nein«, sagten beide zeitgleich.

»Hat das mit dem Fall zu tun?«, fragte Chloë.

Blut schoss mir in den Kopf. »Vergessen Sie's.«

»Und was hast du nun in den Mülleimer am Bahnhof geworfen?

»Den Schlüssel.«

»Den Schlüssel«, wiederholte der Kommissar.

»Er hat nicht ins Schloss gepasst«, sagte ich.

»Geschenkt.«

»Wie bitte?«, fragte ich.

»Geschenkt.«

Der Schnauzbart spielte mit seinen Fingern Klavier auf der Tischplatte. Er betrachtete noch einmal die Phantombilder, als sehe er sie zum ersten Mal, und ließ sie in die schwarze Mappe gleiten. Er schob mein Handy über den Tisch. »Wir danken für Ihre Kooperation.«

Hiermit war die Befragung von Herrn Holzinger beendet. Als wäre es abgesprochen hob die Polizistin im nächsten Moment ihren Kopf, sah mich eindringlich an und sagte, ich könne jederzeit psychologische Hilfe in Anspruch nehmen. Ein Trauma-Experte stünde mir jederzeit zur Verfügung. Außer-

dem sollte ich Anzeige erstatten wegen möglicher Schadens-
ersatzansprüche. Ich verzichtete. Sie hatten mir mein Telefon
gebracht, der DB-Mann war am Arsch und Maja war auf dem
Weg zur Party. Mehr konnte ich nicht verlangen. Ich sei ja
nicht gefoltert worden oder so, sagte ich scherzhaft. Die Polizistin machte große Augen. Bevor sie mich entließ, musste ich
mehrfach versichern, dass es mir gut ging.

»Bei solchen Freunden«, sagte ich und zeigte auf Nico und
Ben, die ihre Nasen an der Seitenscheibe des Wagens platt
drückten, »müssen Sie sich keine Sorgen machen.«

»Ich an Ihrer Stelle«, der Polizeihauptmeister öffnete
schwungvoll die Schiebetür, »würde definitiv auf psychologische Unterstützung zurückgreifen. Auf Wiedersehen, Herr Adler.«

Der VW-Bus fuhr unter dem Jubel der Partygäste davon.
Alle applaudierten, als hätte ich einen Megadeal ausgehandelt.

33 - WELTPREMIERE

Ich ging nach oben ins Wohnzimmer und setzte mich zu Henri an den Esstisch. Vor uns stand der aufgeklappte Laptop in einem Wirrwarr aus Kabeln, Handys und Getränken. Henri nannte es den »Backstagebereich« und schickte alle weg, die einen Blick auf den Bildschirm werfen wollten.

Ich hatte mein Telefon wieder. Das sei eine coole Idee, Party und Film, hatte Maja geschrieben, sie komme an dem Tag aus Frankreich zurück, hoffentlich rechtzeitig, *cu, Zwinkersmiley*.

Keine Nachricht von Papa.

Im Raum vor uns versammelten sich die Partygäste und suchten freie Plätze für die Filmvorführung. Bald waren alle Stühle besetzt. Ben hatte Kati auf dem Schoß. Die beiden waren seit einer Ewigkeit zusammen, es liefen längst Wetten, wann geheiratet würde. Daneben Marvin, David, Micha und weiter hinten Hagen, Hannes und Felix. Dazwischen die Leute aus der Parallelklasse. Jemand trat mir auf den Fuß. Vor der Balkontür tauchte ein rothaariger Kopf auf, den ich nicht erwartet hatte: Amok Andi. Wer hatte den denn eingeladen? Er unterhielt sich mit John Connor und einem Mädchen, das ich erst auf den zweiten Blick erkannte. Sie hatte schwarze Haare: Sibel Kekilli aus dem Imbisscontainer. Maja, Alma und die anderen Mädchen saßen vor der ersten Reihe auf dem Teppich, tuschelten und machten Selfies. Es ging zu wie auf dem Schulhof am letzten Tag vor den Sommerferien. Henri schaltete den Beamer ein. Der Desktop erschien auf der weißen Wand hinter uns.

Ich sah mir die Gesichter in der ersten Reihe noch einmal an. Da saß Maja. In meinem Wohnzimmer. Wie hingezaubert. Ich brauche sicher nicht näher darauf einzugehen, was dieser Anblick in mir auslöste. Sie trug eine weite Hose, T-Shirt und darüber eine dünne, blassrosa Strickjacke, aus deren Ärmeln ihre Fingerspitzen hervorlugten. Ihre Haare waren hochgesteckt, sie strich sich eine Strähne hinters Ohr.

»Kennst du den?« Henri stieß mich mit dem Ellenbogen an. »Neben Amok Andi?«

»Nee, du?«, fragte ich.

Er schüttelte den Kopf.

»Er ist mit irgendeiner Fränze da«, sagte ich.

»Fränze? Was ist das denn für ein Name?«, sagte Henri. »Egal. Wir sollten loslegen.«

»Okay.«

»Hast du den Finger am Abzug?«

Ich atmete tief ein, formte mit der linken Hand eine Pistole und zielte auf Henri. Er öffnete eine Bierflasche mit dem Feuerzeug, hielt sie hoch und wendete sich an das Publikum.

»Verehrte Damen und Herrn, werte Gäste von nah und fern, willkommen in unserem Filmpalast!« Er versuchte gegen das Gemurmel anzureden. »Wir haben uns heute hier versammelt, um nichts Geringerem beizuwohnen als einer Weltpremiere.«

Das Publikum jubelte und applaudierte. Mein Herz pochte.

»Wo seid ihr denn alle?«, rief jemand dazwischen. Lukas' Kopf guckte durch die Zimmertür. Er lallte und hatte blauen Glitzer im Gesicht. »Was'n hier los?«

Von allen Seiten kamen Rufe und Pfiffe. Er solle sich sich »hinsetzen« und die »Klappe halten«.

»Is ja gut, is ja gut.« Lukas ließ sich neben Hannes nieder, der ihm mit einer Hand den Mund zuhielt, als er wieder zu sprechen ansetzen wollte.

»Für alle, die es immer noch nicht auf dem Schirm haben«, fuhr Henri fort. »Wir haben uns jahrelang auf diesen Moment vorbereitet. Wir haben körperlich trainiert und wir haben, um den legendären Blumentopf zu zitieren, uns *psychisch strapaziert*. Die Welt ist verdreht. Unten ist oben, jung ist alt. Nennt es, wie ihr wollt. Der folgende Film wird Geschichte schreiben!«

Er gab mir ein Zeichen. Ich drückte *Play*.

34 – DEATH IN BRACHSTEDT

Auf der Leinwand erscheint eine Self-made-Version des MGM-Logos. Statt des Löwen brüllt der rotweiße Kater, der gestern Abend durch unsere Wohnung tigerte, vom Bildschirm aus. Darüber steht »H&L Productions«. Jemand kicherte. Den Jingle hat Henri auf dem Keyboard eingespielt. Das Logo verschwindet. Schnitt.

Das Bild wird hell, schließlich weiß. Aber es ist kein grelles Weiß, irgendwie augenfreundlich, keine Ahnung, wie Henri das gemacht hat. Die Musik setzt ein. Wir hatten uns für den Song »Girls« aus dem *Lost in Translation*-Soundtrack entschieden und ihn unter die Aufnahmen gelegt. Henri hat den Film exakt auf die Dauer des Songs, vier Minuten und fünfundzwanzig Sekunden, zugeschnitten. Die E-Gitarre beginnt, gepaart mit diesem Kratzen oder Rauschen, und dann eine zarte Stimme.

Nach und nach erscheinen Farbtupfer. Es entstehen blaue, gelborange, grüne und graue Konturen, die sich durch das Weiß drücken. Eine Landschaft aus der Vogelperspektive wird erkennbar. Der Blick fällt vom Dach eines Gebäudes auf einen Parkplatz und eine Straße, dahinter Bäume und die untergehende Sonne. Die Bildqualität ist *erste Sahne*, wie Papa sagen würde. Wenn man mich fragt, der Anfang erinnerte an einen Film der Coen-Brüder.

Ein Auto schlängelt sich durch die Landschaft und fährt den Kiesweg hinauf. Ein roter BMW. Staub wirbelt auf und legt sich. Der Wagen parkt ein. Eine Person steigt aus, taucht mit dem Oberkörper noch einmal in das Fahrzeuginnere, kommt wieder hervor, mit einer Tasche unter dem Arm. Es ist ein junger Mann. Er geht auf das Gebäude zu und verschwindet am unteren Bildrand.

Das Landschaftsgemälde wird unscharf und rückt in den Hintergrund. In schwarzen Lettern erscheint der Filmtitel: DEATH IN BRACHSTEDT. Aus dem Publikum dringen unterdrückte Laute. Das Bild verdunkelt sich langsam von den Rändern aus. Das ist der Übergang zur nächsten Szene, in der das Schwarz von der Bildmitte aus verdrängt wird.

Der junge Mann steht vor der Eingangstür eines kleinen Gasthofes, Rücken zur Kamera. Er trägt Turnschuhe, hält eine blaue Sporttasche in der Hand und tritt, nach kurzem Zögern, ein.

Es folgt eine Kamerafahrt zum Empfangstresen, an dem ein schnauzbärtiger, kräftiger Mann in einem Hawaiihemd sitzt. Er nickt fast unmerklich, nimmt den Schlüssel mit der Nummer zwölf vom Haken an der Wand und legt ihn neben das Gästebuch. Der junge Mann durchquert die Lobby und steigt eine mit rotem Teppich ausgelegte Treppe nach oben. *The Shining* lässt grüßen.

Im oberen Stockwerk ändern sich die Lichtverhältnisse. Die Farben sind matter. Die Kamera positioniert sich in Bodennähe und folgt dem Mann schwebend einen Gang entlang. Die Zimmertüren ragen an den Bildrändern auf wie riesige Tore. Der Gast dreht den Schüssel im Schloss und betritt Zimmer Nummer zwölf. Er öffnet die Tasche und wirft ein Handy und Kleidungsstücke auf das große Bett. Dann zieht er sich aus und geht ins Badezimmer. Man sieht seine Umrisse hinter dem Duschvorhang. Eine Hand kommt hervor und sucht nach der Seife auf dem Waschbeckenrand.

Die Kamera nimmt sich Zeit, fährt durch den Raum mit den alten Möbeln und fokussiert die Balkontür neben dem Bett. Weit draußen in der Landschaft taucht eine weitere Person auf, winzig zunächst. Sie nähert sich dem Hotel zu Fuß. Die Mitte des Films ist erreicht. Die Musik kündigt einen Wendepunkt an.

Szenenwechsel.

Gepflegte braune Lederschuhe bringen den Kies auf dem Parkplatz unhörbar zum Knirschen. Die Ränder einer Bundfaltenhose sind zu sehen. Im Vorübergehen streichen Fingerspitzen, die in einem schwarzen Handschuh stecken, sanft über den roten Lack des BMW, vom Heck bis zur Motorhaube. Der Mann betritt das Gebäude, steuert zielstrebig den Empfangstresen an. Der dicke Rezeptionist sieht misstrauisch auf, lehnt sich auf dem Barhocker ein Stück zurück und hebt schließlich erschrocken die Hände. Ein Messer blitzt auf, jemand drückt die Klinge fest auf die Haut über dem bunten Hemdkragen. Blut quillt unter dem Metall hervor, Hände greifen dazwischen, mehr Blut, Hektik. Schließlich fällt der Rezeptionist bäuchlings vom Stuhl.

Die braunen Lederschuhe gehen bis zum Gästezimmer mit der Nummer zwölf. Den Kopf zur Seite geneigt, hält der Mann ein Ohr an die Tür. Unbemerkt tritt er ein, schließt die Tür hinter sich und schleicht an Bad und Bett vorbei. Er lupft einen der Vorhänge neben der Balkontür und versteckt sich dahinter. Schnell beruhigen sich die wellenartigen Bewegungen des schweren Stoffes. Dort, wo der Vorhang den Boden berührt, bleiben zwei Schuhspitzen erkennbar.

In der nächsten Szene verlässt der junge Mann, mit einem Handtuch um die Hüften, das Badezimmer, geht zum Bett, sucht Zigaretten und raucht an der offenen Balkontür. Er sieht auf sein Smartphone, zieht Boxershorts, Socken und Hose an, wirft das Telefon aufs Bett. Es versinkt in dem großen Kopfkissen. Er betritt den Balkon und bläst Rauch in die windstille Dämmerung. Im nächsten Moment berührt ein schwarzer Handschuh die nackte Schulter des jungen Mannes. Es folgt ein Handgemenge.

Drei Minuten und 40 Sekunden. Die Musik wechselt in einen spannungsgeladenen Leerlauf.

Ein nackter Oberkörper wird gegen die Balkonbrüstung gedrückt, kann sich befreien und stößt den Angreifer derart heftig, dass es den schwarzen Handschuhen nicht mehr gelingt sich festzuhalten. Der junge Mann sieht schwer atmend dem Stürzenden hinterher. Es folgt die Nahaufnahme seines Unterarms. Härchen stellen sich auf und senken sich wieder.

Er zieht die Turnschuhe an, wirft Kleidung und Zigaretten in die Sporttasche und verlässt, mit dem Handy in der Hand, das Zimmer. Die Kamera begleitet ihn den Korridor entlang und die Treppe hinab bis zum Empfangstresen. Unter dem leblos daliegenden Rezeptionisten hat sich eine Blutlache ausgebreitet.

Letzte Einstellung. Der Blick fällt durch die geöffnete Hoteltür ins Freie. Der Parkplatz liegt vor einem rötlichen Himmel. Der junge Mann tippt eine Nachricht in sein Telefon. Die Worte, die er schreibt, erscheinen für den Zuschauer sichtbar neben seiner Hand. Wie durch eine unsichtbare Linie mit dem Handy verbunden flimmert der Text auf und verschwindet, als würde er glasig werden oder verdunsten. »Do you know a man like Mr. Wolf? A man who solves problems?« Von den Rändern aus wird die Szene tiefschwarz.

Vier Minuten und siebenundzwanzig Sekunden. Das Wort »END« erscheint, setzt sich langsam in Bewegung zum oberen Bildrand. Der Abspann läuft in völliger Stille klassisch von unten nach oben.

Ein Film

von   Henri Sajevic

Leo Adler

mit   Falco Ilic

Axel Kowski

Mit Musik von   Death in Vegas

Mit besonderem Dank an   Onkel Falco

Eine No-Budget-Produktion von »H&L«

© 2018

35 - MEHRWERT

Für einen Moment herrschte Stille, als hätte eine spontane Eiszeit das Wohnzimmer eingefroren. Ich sah nach Maja. Sie flüsterte Alma etwas ins Ohr, die daraufhin lächelte. Dann begannen sie zu applaudieren und die anderen stimmten ein. Wie nach einer Theateraufführung. Nur war ich dieses Mal nicht Teil des Publikums, sondern gehörte zum Ensemble. Das ging voll rein. Henri packte meine Schultern und schüttelte. Ich verlor Maja und Alma aus den Augen. Alle erhoben sich von ihren Plätzen, begannen miteinander zu reden und stießen an. Jemand rief »Musik«, Henri startete eine Playlist und die Party ging weiter.

Später kam Antonio, ein überdurchschnittlich selbstbewusstes Arschloch, der jedem gern das Wort abschnitt oder erteilte, als wäre er dafür zuständig. Er habe erst später kommen können, tönte er, weil er den 911er Targa von irgendeinem Kumpel hätte Probe fahren müssen. Drei, vier Jungs konnten nicht entkommen, blieben an ihm kleben wie Magnete an einem Kühlschrank und fingen an bescheuerte Autostorys zu erzählen. Sie redeten über Benzinverbrauch und A8 und V6 und hach und ach.

Ich stand im Türrahmen und beobachtete die anderen. Was Papa wohl sagen würde, wenn er wüsste, was gerade in unserer Wohnung abging? War er verschwunden, um mich zu testen? Zuzutrauen wäre es ihm. Das wäre allerdings der derbste Scherz, den er sich bisher erlaubt hätte.

»Man soll ja nicht ständig über den Klimawandel palavern«, Stoffmüller stand neben mir und zeigte mit seiner Flasche Richtung Antonio und dessen Putzerfische, »aber es gibt echt Interessanteres als Spritpreise, oder?«

»Auf jeden«, sagte ich.

Wir gingen auf den Balkon, lehnten uns auf die Brüstung und sahen auf die Köpfe der Raucher unten auf der Straße. Stoffmüller drehte eine Zigarette und steckte sie an. Der Rauch stieg in dünnen Schwaden nach oben und kräuselte sich. Er sagte schlaue Sachen über unseren Film und lobte meine »Schauspielkunst«. Ich war nicht sicher, ob ich ihm trauen konnte.

»Obwohl dein Arschgesicht ja nicht wirklich zu sehen war, ha-ha!« Er schlug mir auf den Rücken. »Was wollten denn die Bullen von dir? Und wo sind eigentlich deine Eltern?«

»Wo mein Vater sich zurzeit aufhält, weiß ich nicht«, sagte ich. »Meine Mutter ist tot.«

»What?«

»Sie ist gestorben, als ich klein war.«

»Dein Vater und du«, Stoffmüller zog an der Zigarette, atmete tief ein und sprach weiter, so dass der Rauch abwechselnd aus Mund und Nasenlöchern entwich, »das ist eure ganze Familie?«

Während ich versuchte die Frage ernsthaft zu beantworten und begann von Tante Lisa zu erzählen und von meinen Großeltern aus Berlin, schnippte Stoffmüller seine Zigarette im hohen Bogen vom Balkon auf die Straße, wo sie Funken warf.

Dann ließ er mich wortlos stehen, lief ins Wohnzimmer, vorbei an den Tanzenden, und weg war er.

Drinnen ließ John Connor eine Wodkaflasche rumgehen. Eine Traube bildete sich um ihn.

Henri kam und hielt mir eine Tüte Chips hin. »Nächste Woche gründen wir eine Produktionsfirma. Kannste in deinen Stundenplan eintragen.«

»Ach ja«, sagte ich. »Weil wir von diesen Dingen so viel Ahnung haben?«

»Ist doch Rille«, rief er. »Nach *Brachstedt* müssen wir weitermachen! Alle sind begeistert.«

Wir stießen an.

»Hast ja recht«, sagte ich.

»Wichtig ist der Firmenname«, sagte er. »Wie wäre es mit *Henri, Leo and the Secret of the 72*?«

Ich verzog den Mund. »*Henri Who and the What?*«

»Ja, viel besser«, rief Henri und schlug mit der flachen Hand auf die Brüstung. »Du Genie!«

»Du bist doch voll.«

»Übrigens, ich muss dir was gestehen«, sagte er und rückte nah an mich heran, als würde er gleich auf die Knie gehen und um meine Hand anhalten.

»Ja?«, sagte ich skeptisch und wich ein Stück zurück, weil ich nichts Gutes erwartete.

»Ohne dich …«, begann Henri.

In diesem Moment steckte jemand, den ich nicht kannte, seinen Kopf durch die Balkontür und schrie völlig zusammenhangslos: »Guckt nicht so, ich hab mich auch erschrocken!«

»Was?«, rief ich.

»Ohne dich«, fuhr Henri fort, nachdem der Typ weiterge-

zogen war, »hätte ich das nie geschafft. Den Film und alles.«
Er sagte das mit einer Ernsthaftigkeit, die ich nicht von ihm
kannte. Als wären wir auf einer Beerdigung. Oder auf der
Flucht vor dem FBI, und er wäre angeschossen und wollte mir
begreiflich machen, dass ich ihn zurücklassen und ohne ihn
weitermachen sollte. Mir war feierlich zumute und ich wollte
etwas Bedeutendes erwidern, aber Henri war noch nicht fertig.
»Lass mich ausreden«, sagte er. »Ich sag das auch nur einmal,
und gut ist. Das Leben ist eine Reihe von Katastrophen mit nur
kleinen Breaks der Glückseligkeit. Das sagt meine Großmutter und es gibt keinen Grund ihr nicht zu trauen. Es ist also
völlig unnötig, dass du regelmäßig down bist und den Kopf in
den Sand steckst. Weil das Leben so ist! Die Welt ist schräg,
guck dir Hitler an oder Fukushima. Im Grunde haben wir keinen Schimmer, was wir hier sollen. Das ist unser Hauptprob-
lem. Wenn du mich fragst, musst du herausfinden, worauf du
wirklich Bock hast. Wenn es so richtig krass kribbelt im Bauch,
hast du es gefunden. Bleib geschmeidig. Kein Sicherheitsmann,
kein Liebeskummer und keine Krankheit werden Leo Adler
aufhalten können. Auch die Sache mit deinem Dad wirst du
hinkriegen. Weil du verdammt gut erzogen bist, nämlich. Und
weil du keinen Streit suchst, sondern weil du ehrlich und lo-
yal und ein friedliebender Typ bist. Was für Vokabeln mir hier
einfallen! Egal. Wir haben den Film gedreht, wir sind hier auf
unserer ersten richtigen Party. Du hast dich für die rote Kapsel
entschieden. Du kennst die *Matrix*. Ende, aus.«

So hatte noch nie jemand mit mir gesprochen, aber ich hatte
keine Zeit weiter darüber nachzudenken, weil Henri aufs Klo
ging und die Party in vollem Gange war. Die Schnapsflasche
ging reihum, und als sie bei mir ankam, griff ich zu. Vorsich-

tig trank ich einen Schluck. Es brannte im Hals und wärmte meinen Bauch. Amok Andi kümmerte sich um die Musik. Es lief »Hurdy Gurdy Man«. Diesen Song kannte ich von Papa und Rocco. Die beiden hörten manchmal so Hippiezeug, wenn sie betrunken waren und über alte Zeiten redeten. Die Musik wirkte in diesem Moment aber überhaupt nicht steinzeitmäßig und Maja und Alma tanzten im Wohnzimmer und es folgten drei, vier Jungs und schnell wurden wir mehr und schoben die Stühle an die Wand, damit mehr Platz zum Tanzen war.

Ich trank ein Bier. Nachdem eine weitere Flasche Wodka die Runde gemacht hatte, setzte ich mich zu Maja. Sie lehnte im Schneidersitz an einer Wand, um auszuruhen.

»Hey«, sagte ich.

»Hi Leo.«

Wir stießen an und ich fragte sie, wie sie den Film fand und sie fragte nach den Dreharbeiten. Als Maja ihren Kopf in meine Richtung lehnte, um mich besser verstehen zu können, entschloss ich mich, Punkt zwei meiner Vierpunkteliste abzuhaken.

»Weißt du …«, begann ich und wusste im selben Augenblick nicht, wie ich den Satz beenden sollte.

Nach einer endlosen Minute, in der ich gehofft hatte, dass sie mich vielleicht nicht gehört hatte, fragte sie: »Was weiß ich denn?«.

Es verging eine weitere Minute, in der Maja zweifellos bemerkt haben musste, dass ich im Begriff war, ihr etwas Bedeutsames mitzuteilen. Sie blieb ruhig, sah mich aufmerksam an und wartete, bis ich mich gesammelt hatte. Was für eine Frau.

»Weißt du«, sagte ich so souverän wie möglich, »du siehst besser aus als Nora Tschirner.«

Maja rollte die Augen, als müsste sie überlegen, wer Nora Tschirner war oder wie sie aussah. Dann lachte sie laut und sagte »Das soll ein Kompliment sein, oder?«. Ich nickte heftig. Sie änderte ihre Sitzposition und sagte »Ich stehe auch auf Dunkelhaarige«. Ich suchte in ihrem Gesicht nach einem Zeichen, ob sie vielleicht einen Spaß gemacht hatte, fand aber keines. Immerhin bin ich so blond wie kein anderer in unserer Klasse. Schließlich stand sie auf und zog mich auf den Balkon. Ich schwebte ihr nach.

»Willst du noch was trinken?«, fragte ich.

»Ja«, sagte sie. »Aber kein Bier. Lieber Mate oder so.«

Wir setzten uns auf die zwei Korbstühle, auf denen für gewöhnlich Papa und Tante Lisa saßen. Maja erzählte von Anna, ihrer Schwester. Anna war vier Jahre jünger und von Geburt an behindert. »Sauerstoffmangel während der Geburt. Im Kopf ist sie voll auf der Höhe, nur motorisch hapert es etwas.« Wegen ihrer Schwester wollte sie an diesem Abend keinen Alkohol trinken und kiffen auch nicht, weil Anna am nächsten Tag Geburtstag hatte. »Wir gehen morgen schwimmen und Pizza essen, das machen wir jedes Jahr.« Wenn sie morgen nicht fit sei, schrie Maja mir ins Ohr, denn die Musik wurde lauter, das wäre nicht fair. Anna freue sich seit Langem auf diesen Tag.

»Was ist eigentlich mit deinem Vater?«, fragte sie. »Er ist krankgeschrieben, nicht?«

»Woher …«, stammelte ich.

»Buschfunk«, sagte sie. »Er ist doch Lehrer am Francke-Gymnasium, oder?«

»Ja.«

»Mein Dad auch«, sagte Maja. »Sie sind Kollegen. Wusstest du das nicht?«

Ich schüttelte den Kopf. Für einen Moment schrumpfte die Welt auf die Größe unseres Wohnzimmers.

»Wieso erlaubt er dir das hier«, fragte sie und schwenkte die Mateflasche. »Undenkbar mit meinen Eltern.«

»Ich habe ihm einfach gesagt, dass ich die Wohnung mindestens eine Woche lang für mich bräuchte. Für Filmdreh und Party sei das schon ziemlich knapp kalkuliert«, sagte ich und nahm einen Schluck Bier. »Papa hat erst gezögert, aber als ich ihm sagte, dass du kommen wirst, meinte er, kein Problem.«

»Ach so«, sagte sie, »du hast eiskalt den Joker gezogen.«

»Solltest du bei deinen Eltern auch probieren«, sagte ich. »Wirkt Wunder.«

Dann gingen wir zurück ins Wohnzimmer und tanzten mit den anderen, denn inzwischen hatte Amok Andi Snoop Dogg angeklickt und Lukas und Micha sangen mit.

»Who's that dippin' in the Cadillac?«

»Snooop Daaawg!«

Lukas verteilte blauen Glitzer unter den Singenden.

»Smoke till your eyes get cataracts …«

»Snooop Daaawg!«

In den nächsten Augenblicken geschah etwas mit mir oder in mir, das war unmöglich auseinanderzuhalten. Die merkwürdigen Dinge häuften sich ja in letzter Zeit auf beängstigende Weise, aber dieser Moment schien etwas wirklich Seltsames zu versprechen. Ob es am Alkohol lag oder daran, dass Maja offenbar genauso auf Mädchen stand wie ich, was unlogischerweise gar nicht schade war, sondern meine Welt auf eine neue Art geraderückte, weiß ich nicht. Es fühlte sich nicht abgehoben an, sondern ziemlich bodenständig. Ich war tiefenentspannt und zugleich hochkonzentriert. Wie ein Tier, das aus dem Winterschlaf erwacht und ausgeruht aus seiner Höhle guckt. Der Film und die Party hatten etwas entstehen lassen. Und mir fiel nur ein passender Begriff dafür ein: Mehrwert. Was für ein bescheuertes Wort! Noch nie in meinem Leben hatte ich dafür eine Verwendung. Aber ich empfand in diesem Moment *Mehrwert*. Ich hatte einem Wort der Erwachsenenwelt eine eigene, brandneue Bedeutung gegeben. Das war überwältigend. Ich fühlte mich wie ein Kleinkind, das den ersten Schritt gemacht hat. Als ob ich einfach alles erreichen könnte. Ich dachte an die Dreharbeiten in Onkel Falcos Hotel, an Axels BMW, das Kunstblut und die Bratkartoffeln, an das Schließfach und den durchgeknallten DB-Mann, Nora Tschirner und Jens Friebe. Ich tanzte weiter mit Maja und während ich mich zwischen den anderen bewegte, die bestimmt auch so eine Art Mehrwert empfanden, kam eine Ahnung in mir auf, dass ich nun langsam bereit war für Dinge, die ich mir bisher nicht zugetraut hatte.

36 - RIPPENPRELLUNG

Am nächsten Tag weckte mich ein dumpfes Klingeln. Und meine Füße vibrierten. Ich brauchte eine Ewigkeit, bis ich mein Handy zwischen dem Bettzeug gefunden hatte. Die Uhr auf dem Display zeigte halb neun abends. Es war Tante Lisa.

Sie sagte, Papa sei aufgetaucht, er läge im Krankenhaus. Im Universitätsklinikum, um genau zu sein. Ob er tatsächlich die Stadt verlassen hatte, wisse sie nicht. Jedenfalls sei er wieder da und am Nachmittag wäre er mit leichten Verletzungen im Uniklinikum aufgetaucht.

»Das muss ein Chaos gewesen sein«, sagte Tante Lisa. »Hat zumindest die Polizei gesagt.«

Mein Mund war ausgetrocknet. Als ich versuchte meine Zunge vom Gaumen zu lösen, machte es in meinem Kopf ein Geräusch wie Klettverschluss. »Was heißt *leicht verletzt*?«, brachte ich hervor.

Seine linke Schulter sei ausgekugelt, außerdem habe er eine Rippenprellung und eine Gehirnerschütterung. Sie habe Papa gerade im Krankenhaus besucht, sagte Tante Lisa, es gehe ihm so weit gut. Wann er entlassen werde, konnten oder wollten die Ärzte noch nicht festlegen. Ich hörte mir Tante Lisas Bericht an und antwortete nur einsilbig. Der rotweiße Kater kam zur Zimmertür herein. Er jagte eine Fliege durch den Raum und sprang auf die Bettdecke. Ich sah mich um. Überall lagen Flaschen und die Möbel standen nicht mehr dort, wo sie hingehörten. Der Kater verschwand unter meinem Kopfkissen wie ein Fuchs in seinem Bau. Nur der Schwanz war zu sehen. Auf dem Boden neben dem Bett lag Henri auf seiner Isomatte und schlief mit offenem Mund.

Als Tante Lisa sagte, ich solle mir keine Sorgen machen, tippte ich mir an die Stirn, antwortete aber nicht. Mein Vater verlässt ohne ein Wort unsere Wohnung, möglicherweise sogar die Stadt, Tage später liegt er im Krankenhaus – und ich soll mir keine Sorgen machen? Was denken die sich eigentlich, die Erwachsenen, wenn sie so was sagen?

Ich versprach ihn zu besuchen, noch heute. Wir legten auf, ich sank zurück auf das Kopfkissen und checkte die Nachrichten in meinem Handy. Der Kater fauchte, weil ich mich auf ihn gelegt hatte. In den Chats war die Hölle los. Alle, die gestern auf der Party waren, hatten geschrieben. Hannes fand den Film »so was von porno«. Keine Ahnung, ob das ein Kompliment sein sollte. Maja hatte mir ein Foto geschickt. Ihre Füße in Badelatschen am Rand eines Schwimmbeckens. Schön sei es gewesen gestern, hatte sie dazu geschrieben. Ich schrieb ihr, dass es großartig war mit ihr zu tanzen und alles, dass mein Vater wieder aufgetaucht sei und im Krankenhaus lag.

Nachdem ich einen Liter Wasser getrunken hatte, stand ich auf und sagte laut, ich müsse nochmal weg. Keine Ahnung, was für Hiobsbotschaften im Krankenhaus auf mich warten würden, aber ich müsse mit Papa sprechen, bevor er sich wieder in Luft auflöse.

»Das geht doch, oder?«, sagte ich laut.

»Was denn?«, hörte ich Henris Stimme aus dem Schlafsack.

»Na, im Krankenhaus seinen Vater besuchen«, sagte ich. »Da ist es doch egal, wie spät es ist?«

»Dein Dad liegt im Krankenhaus?«

»Ja.«

»Wieso sagst du das erst jetzt?« Henri setzte sich auf und rieb seine Augen.

»Ich weiß nicht.«

Wir suchten Chips, Marshmellows und Cola, setzten uns auf mein Bett und aßen und tranken und redeten erstmal. Ich erzählte von dem Gespräch mit Tante Lisa und von Maja, und als ich fertig war, sagte Henri: »Wie abgefahren das alles ist! Los, Abmarsch!«

Und ich sagte: »Ja, los jetzt!«. Und wir machten uns auf zum Klinikum.

37 - HIRNZELLEN

»Herr Adler liegt hier«, sagte der Krankenhauspförtner hinter der Glasscheibe und tippte mit zwei dicken Fingern auf die Kopie eines Lageplans. »Station sieben, Zimmer sechszehn. Ihr geht dort entlang bis zu den Fahrstühlen, seht ihr? Fahrt in die siebte Etage, dann nach rechts, bis es nicht mehr weiter geht. Dort ist Station sieben.« Es war halb zwölf in der Nacht. Unsere Schritte hallten in den Gängen wider, es roch nach Desinfektionsmittel. Die wenigen Krankenschwestern und Pfleger trugen blaue Kittel, wir hörten das Quietschen ihrer Schuhe. Niemand interessierte sich für uns.

»Ich wette fünf Euro, dass er wach ist«, sagte Henri und klopfte an Zimmer sechszehn. Die Tür ging auf, der Raum war grell erleuchtet. Mein Vater saß auf einem weißen Bett. Ein Kopfkissen im Rücken, die Beine unter der Bettdecke.

»Siehste!«, rief Henri. Und dann: »Hallo Herr Adler.«

Auf den ersten Blick sah Papa aus wie immer, nur etwas derangiert. Kein Verband, nur ein Pflaster auf der Stirn. Die dunklen Haare waren etwas wirr, er war unrasiert und die Brille saß zu tief. Sein linker Arm hing in einer Schlaufe. Er hatte in einer Zeitschrift geblättert, die er zur Seite legte, als wir näher kamen. Auf dem Tisch neben seinem Bett lagen Tabletten.

»Leo«, sagte Papa. »Jungs, was macht ihr denn hier?«

»Die Frage ist, was machst du hier?«, sagte ich.

»Ach, wisst ihr«, sagte er. »Mir ist da heute, sagen wir, ein Malheur passiert. Hab nicht aufgepasst und bin bei Rot über die Ampel. Zum Glück wurde niemand verletzt.«

»Und warum bist du im Krankenhaus, wenn niemand verletzt wurde?«, fragte ich.

»Ach, die Schulter wird wieder. Und eine kleine Gehirnerschütterung. Die Ärzte wollen auch nach meinem Auge sehen.«

»Was ist mit Ihrem Auge?«, fragte Henri.

»Ich habe ein Glaukom, links, und soll operiert werden«, sagte Papa. »Vielleicht werde ich in einem Jahr blind sein.«

»Das ist ja übel.« Henri verzog das Gesicht, als hätte er Schmerzen.

»Wer sagt, dass du blind wirst?«, fragte ich und überlegte, ob Papa mir davon schon einmal erzählt hatte.

»Die Ärzte natürlich.«

»Tut das weh?«, fragte Henri, rückte näher und sah meinem Vater in die Augen.

»Nein.«

»Ich sehe mal nach, ob es hier irgendwo Kaffee gibt.« Henri ging aus dem Zimmer. »Bin gleich zurück.«

»Und was ist mit dir passiert?« Papa zeigte auf mein Gesicht.

»Ach das«, sagte ich. »Bin mit dem Fahrrad gestürzt.«

»Und was machst du so den ganzen Tag?«, fragte er.

»Nix besonderes. Und du?«

Wollte er wieder ausweichen? Er konnte doch nicht so tun, als wäre nichts.

Ich sagte: »Papa, du verhältst dich merkwürdig. Und alle sagen, ich soll mir keine Gedanken machen. Das kann doch nicht euer Ernst sein.«

»Leo, ich weiß auch nicht wie ich das erklären soll.« Er stöhnte, als er seine Position auf dem Bett veränderte. Er stützte sich auf den gesunden Arm, um den Unterkörper zu verlagern, und verzog das Gesicht. »Diese verfluchten Rippen. Wie dem auch sei. Die Ärzte hier wollen prüfen, ob ich richtig eingestellt bin, mit den Medikamenten, die Doktor Pilz verschrieben hat. Wegen der ... Krankheit.«

»Demenz«, sagte ich.

»Der Verlauf schreitet offenbar schneller voran als erwartet«, sagte Papa. »Weißt du, was das bedeutet?«

»Tante Lisa sagt, deine Hirnzellen sterben wie die Fliegen«, sagte ich. »Aber du hast mehr als hundert Milliarden oder so und ein paar Zellleichen kann jeder verkraften. Nur irgendwann eben nicht mehr.«

»Mmh.«

»Bei Wikipedia steht außerdem«, sagte ich, »es kommt darauf an, in welcher Region die Zellen sterben. Also im Orientierungs- oder im Sprachbereich. Oder in der Bibliothek, wo abgespeichert ist, wen man kennt und was man in der Vergangenheit erlebt hat. Ich habe auch eine Statistik gefunden, wo drinsteht, viele Demenzkranke sterben an Lungenentzündung, weil sie sich irgendwann nicht mehr dem Wetter entsprechend anziehen.«

»Das steht alles im Internet?«

»Ja, solltest du mal reinschauen.« Ich schob einen dünnen Stapel A4-Blätter beiseite und setzte mich aufs Fensterbrett.

»Später«, sagte er. »Jetzt ist es an der Zeit, dir etwas zu erklären. Ich will, dass du dir ein Bild machen kannst von meinem Zustand.«

Na endlich, dachte ich.

»Wie du weißt, bin ich ein großer Freund von Planung und Vorbereitung. In letzter Zeit gelingt mir das allerdings zunehmend schlechter. Wenn ich zum Beispiel morgen um 15 Uhr einen Termin habe, kann es ganz plötzlich morgen Nachmittag sein. Oder morgen findet ewig nicht statt. Oder, noch schlimmer, der Tag rauscht an mir vorbei, als hätte ich einen Filmriss«, sagte Papa. »Was ich sagen will: Alles, was in der Zukunft liegt, fühlt sich sonderbar an.« Vor dem Wort *Zukunft* hatte er gezögert und es dann sehr ernst ausgesprochen. Ich dachte über Papas Worte nach und sah aus dem Fenster. Hinter dem Parkhaus der vertraute Anblick eines Supermarktes. Dahinter die Heide. Weiter links ragten die Plattenbauten von Neustadt in den Himmel.

»Das Unangenehmste ist, wenn ich einen Termin versäume. Meistens weiß ich gar nicht, was ich zu diesem Zeitpunkt gemacht habe«, sagte Papa. »Die totale Erklärungsnot. Das macht mich fertig. Oder auf dem Weg zum Supermarkt vergesse ich einzukaufen. Stunden oder Tage später bemerke ich, dass der Kühlschrank leer ist. Dann gehe ich in die Küche und – na ja, mache mir einen Tee und schreibe einen Einkaufszettel und das Ganze geht von vorne los. Nächsten Monat muss die verfluchte Steuererklärung fertig sein. Ich habe keine Ahnung, wie ich das auf die Reihe kriegen soll.« Unten auf der Straße fuhr ein Radfahrer hinter einer Reihe geparkter Autos auf die Kreuzung vor dem Krankenhaus zu. »Was ich sagen will, Doktor Pilz ist der Meinung, es besteht theoretisch die Möglichkeit, dass sich das wieder reguliert. Aber diese Option ist äußerst unwahrscheinlich. Wahrscheinlicher ist, wir müssen lernen damit zu leben. Das bedeutet … Jetzt lass mich bitte ausreden und melde dich nicht wie in der Schule, ich verliere sonst den

Faden. Das Ganze hier fällt mir nicht leicht.« Als der Radfahrer die Kreuzung erreichte, rollte ein Auto aus dem Parkhaus und beschleunigte. Ungebremst prallte das Fahrrad auf den Pkw und verkeilte sich unter dem Kotflügel. Der Radfahrer rutschte über die Motorhaube und fiel auf der anderen Seite auf die Straße. Ich hörte das Quietschen der Autoreifen bis hoch in den siebten Stock.

Papa holte mit dem gesunden Arm einen Zettel aus dem kleinen Rolltisch neben dem Bett, legte ihn auf die Bettdecke und begann vorzulesen. »Bist du bei der Sache? Ich habe einen Sechs-Punkte-Plan für die nächsten Monate erstellt. Erstens«, er rückte seine Brille gerade und der Daumen seiner rechten Hand schnellte in die Höhe, »wir müssen umziehen. Allein kommen wir langfristig nicht zurecht. Wie du ja bereits festgestellt hast, sterben meine Hirnzellen wie die Eintagsfliegen. Aber ich möchte so lange wie möglich mit dir zusammen in unserer Wohnung bleiben. Der unvermeidbare Umzug soll sich zumindest ein wenig nach meiner eigenen Entscheidung anfühlen. Wir müssen natürlich von Monat zu Monat sehen, ob ich den Alltag organisiert bekomme. Ich meine«, sprach er weiter, »wir müssen alle irgendwann auschecken, du weißt doch, was ich damit meine? Nur mein Kopf hat es plötzlich eilig, er nimmt vorzeitig die Ausfahrt. Er will Frührentner werden sozusagen. Ich rede mich hier um Kopf und Kragen, jetzt sag doch auch mal was!«

Ich dachte die ganze Zeit, endlich reden wir wieder wie früher miteinander. Und ich merkte, ich konnte ihn echt gut leiden. So hatte ich die Sache noch nie gesehen. Aber er war ein guter Vater. Ich war ein bisschen stolz auf ihn.

»Ja, Papa«, sagte ich schließlich, »ich weiß, was du meinst.«

Mein Blick wechselte zwischen Papa, der endlich Klartext sprach, und dem Geschehen auf der Straßenkreuzung hin und her. Wie bei einem Tennismatch. Der Radfahrer hatte sich aufgerappelt und schlug mehrmals mit beiden Händen auf die Motorhaube. Er zerrte an seinem Fahrrad und die Autofahrerin, jetzt erkannte ich, dass es eine Frau war, öffnete die Fahrzeugtür und stellte einen Fuß auf die Straße. Als der Mann sein Fahrrad vom Kotflügel gelöst hatte, stieg die Frau ein und fuhr davon. Der Radfahrer stand fassungslos im Schein der Straßenlaterne.

»Gut. Zweitens«, Papas Zeigefinger ploppte aus seiner rechten Hand, »wir brauchen Hilfe. Tante Lisa ist für uns da. Das hat sie bereits signalisiert. Drittens«, Mittelfinger, »wenn der Umzug unausweichlich ist, gibt es zwei Möglichkeiten. Drei A, ich ziehe in betreutes Wohnen. Es gibt verschiedene Einrichtungen. In Landsberg zum Beispiel. Oder das Bethcke-Lehmann-Haus in der Burgstraße. Du müsstest in diesem Fall zu Tante Lisa. Aber diese Variante gefällt mir nicht. Besser ist, drei B, wir beide ziehen mit Lisa in eine größere Wohnung oder in ein Haus.«

Ich nickte zustimmend.

»Hiermit sind wir bei viertens: So oder so werde ich bis auf Weiteres krankgeschrieben und muss, fünftens, EU-Rente und Pflege beantragen. Letzter Punkt: Hast du Fragen?«

»Nein, habe ich nicht«, sagte ich und stellte mir eine Wohngemeinschaft mit Tante Lisa und Polli vor. Wie wir zusammen frühstücken. Und dann zur Schule beziehungsweise zur Arbeit gehen. Gibt Schlimmeres, dachte ich und umarmte meinen Vater. Sein Bart kratzte an meinem Ohr.

»Das mit dem Auto ist egal, Papa«, sagte ich, »Hauptsache dir ist nichts passiert.«

»Was redest du denn«, sagte er und sah mich stirnrunzelnd an. »Hörst du überhaupt zu?«

»Wichtig ist«, sagte ich, »dass wir zusammenbleiben und ich mit Henri und Maja weiterhin in eine Klasse gehen kann. Auch wenn Henri mich manchmal in den Wahnsinn treibt.«

Wir stellten drei Regeln auf, an die Papa sich halten sollte, für den Fall, er würde sich einer Situation nicht gewappnet fühlen. Ich schrieb sie auf die Rückseite von Papas Notizzettel. »Erstens, nicht weglaufen! Zweitens, ein Telefon organisieren und Lisa, Leo oder Rocco anrufen! Drittens, siehe erstens!«

Ich überlegte, ob ich Papa auf die Geschichte mit dem toten Boxtrainer ansprechen sollte, aber ich entschied mich dagegen. Wenn die Krankheit sich die Geschichte ausgedacht hatte, müsste ich ja nicht mit Papa darüber sprechen, wenn er gerade einen klaren Moment hatte.

»Seid ihr langsam fertig?« Henri stieß die Tür mit dem Fuß auf. Er balancierte drei Becher Kaffee herein. Mein Vater und Henri schlürften das bittere Zeug. Ich stellte meinen aufs Fensterbrett. Nach einer Weile holte der Mann auf der Kreuzung sein Handy hervor und telefonierte. Dann machte er Fotos von seinem Fahrrad und der Straße.

Wir erzählten Papa von den Dreharbeiten, vom Kunstblut und Axels BMW. Die Party erwähnten wir nicht.

»Ich will *Death in Brachstedt* beim Jugendfilmfest einreichen«, sagte Henri und kaute auf seiner Unterlippe herum. Das hatte ich noch nie bei ihm gesehen. »Hoffentlich ist die Frist noch nicht abgelaufen.«

Der Mann unten an der Hauptstraße saß mittlerweile auf dem Bordstein. Er hatte ein Hosenbein hochgekrempelt und untersuchte sein Bein.

»Eine Sache noch«, sagte ich, nachdem wir uns verabschiedet hatten und Henri bereits das Zimmer verlassen hatte. »Ich würde gern ein paar Dinge von dir erfahren, Papa. Aus deiner Kindheit, als du Boxer warst, und über Mama.«

»Das habe ich dir doch alles schon erzählt.«

»Ich weiß«, sagte ich. »Aber ich möchte das Ganze mit der Kamera aufnehmen und einen Dokumentarfilm daraus machen. Geht das?«

Papa nickte nachdenklich. Dann schüttelte er den Kopf und schnäuzte sich die Nase. »Wir besprechen das später. Du musst jetzt ins Bett.«

Als Henri und ich allein waren, sagte ich: »Übrigens, mein Vater wird nicht erblinden.«

»Wie meinst du das?«

»Das ist nur eine Geschichte, die er sich ausgedacht hat und rumerzählt. Weil er krank ist.«

»Warum sollte er das tun?«

»Kein Schimmer«, sagte ich. »Er erzählt auch, ein Boxtrainer, also ein echter Profi, der allerdings schon gestorben ist, hätte ihm Sechshunderttausend geschenkt.«

»Vielleicht vererbt? Kann doch sein.«

»Nein, kann es nicht. Überleg doch mal. Sechshundert Mille! Ich bitte dich.«

Henri zuckte die Schultern und warf seinen Kaffeebecher wie einen Basketball in einen Müllbehälter.

»Außerdem hat er Tante Lisa vor drei Tagen erzählt, er wäre bereits am Auge operiert worden. Und uns sagt er, die OP soll erst noch stattfinden? Und normal verheimlicht er mir solche Dinge nicht. Warum sollte er auch? Aber auf einmal tauchen diese ausgedachten Geschichten auf. Manchmal habe ich das Gefühl, alles ist in bester Ordnung, und im nächsten Moment bin ich unsicher, was ich ihm glauben kann.«

Auf dem Rückweg hatte ich meine Ruhe. Henri sagte kein Wort. Wir fuhren unter den Laternen am Fluss entlang, über die kleine Brücke am Peißnitzhaus und durch den Park zurück nach Hause.

38 - PICOBELLO

In der Wohnung sah es aus, als wäre der letzte Gast vor maximal fünf Minuten aus der Tür getorkelt. Wir machten Pizza, tranken warme Colareste, spielten mit dem Kater, den wir Quentin tauften – und wir redeten. Endlich. Über Papa, über die Party, über Antonio und Amok Andi, über Maja natürlich und über Brachstedt und den Film. Irgendwann sah ich auf die Uhr. Es war halb fünf. Henri legte sich in den Schlafsack und googelte nach der Bewerbungsfrist für das Jugendfilmfest. Ich sah mir Majas Profilbild bei Whatsapp an. Sie hatte mir außerdem ein Selfie geschickt, auf dem sie mit ihrer Schwester zu sehen war, und ich schrieb ihr vom Krankenhausbesuch, bevor ich einschlief.

Ich hatte kaum drei Stunden geschlafen, da klingelte es an der Tür. Tante Lisa.

»Eben hat das Krankenhaus angerufen«, sagte sie und trat in den Korridor. »Wolfgang ist weg. Wann und wohin er verschwunden ist, wissen sie nicht.«

»Ernsthaft?«

»Ernsthaft. Hast du eine Ahnung, wo er sein könnte?«

»Nein.«

Erst jetzt bemerkte Tante Lisa, dass eine Horde Teenager die Wohnung verwüstet hatte.

»Wie sieht es denn hier aus?«, rief sie wütend und hing ihre Jacke an die Garderobe, ohne mich dabei aus dem Blick zu lassen. »Drehen denn jetzt alle durch?« Ich erwartete, dass sie jeden Moment ausflippte oder weinte. Aber die ersten Minuten sagte sie nichts, außer ein Mal leise: »Mein lieber Herr Gesangsverein«. Sie durchschritt langsam die Räume und sah sich um, und ich dachte, okay, ich werde ihr unseren Film zeigen und dann wird sie's schon verstehen. Aber davon wollte Tante Lisa nichts wissen. Als ich zu einer Erklärung ansetzte, hob sie ruckartig die Hand, um mir zu zeigen, dass ich jetzt still zu sein habe. Sie richtete wortlos den Zeigefinger auf verschiedene Dinge, die auf dem Boden lagen. Leere Flaschen, Pizzakartons und Henri, der immer noch schlief und nicht mitbekam, dass wir um ihn herum eine Krise ausstanden. Als sie eine mit Cola verklebte Sigourney-Weaver-DVD fand, hob sie wieder die Hand, damit ich bloß still bliebe. Nachdem Tante Lisa den Aschenbecher im Wohnzimmer entdeckt hatte, fing sie an zu schreien. Ich solle »Sofort!« aufräumen und sauber machen. Sie wolle keine Erklärung hören, nur sehen, wie ich mich in Bewegung setze. Von wegen Filmprojekt, davon könne ich dem Mann auf dem Mond erzählen, das interessiere sie jedenfalls nicht.

»Wenn dein Vater das sieht!«, rief sie. »Ich gehe jetzt und du räumst auf, bis ist hier alles picobello ist!« Ob ich das verstanden hätte? Sie schlug mit der flachen Hand auf die Kommode, bevor sie kopfschüttelnd die Wohnung verließ.

Nachdem sie gegangen war, bückte ich mich nach einer leeren Bierflasche, zog an zwei Marshmallows, die an der Scheuerleiste klebten, und trug den Kram in die Küche.

»Was ist denn hier los?« Mit einem Mal stand Henri vor mir, den Kater auf dem Arm.

»Tante Lisa war da.«

»Perfektes Timing.«

»Du gehst besser«, sagte ich.

»Keine Party ohne Schmerzen hinterher.« Henri suchte seine Sachen zusammen. »Das sagt mein Alter immer, wenn er einen gehoben hat.«

»Dein Vater?«, fragte ich.

»Ja.« Henri zog seine Schuhe an und stopfte die Schnürsenkel in die Seiten. »Den musst du mal bei unsern Familienfeiern erleben. Ich habe ihn schon auf dem Tisch tanzen sehen. Den Beamer lasse ich erstmal hier.«

»Nimm Quentin mit nach unten, ja?«, flüsterte ich.

Er setzte das Tier in seine Sporttasche. »Ich komme heute Abend wieder. Falls Tante Lisa oder dein Dad dir nicht den Kopf abreißen.«

»Okay«, sagte ich. »Jetzt haut ab!«

Singend lief Henri die Treppe nach unten.

Das Aufräumen und Möbel zurechtschieben dauerte den ganzen Tag. Es kam mir vollkommen unnötig vor. Als versuchte ich, mein altes Leben wiederherzustellen, dabei war es längst kaputt. Mein Leben mit Papa, dem gesunden Papa, der sich um alles kümmert, damit ich unbekümmert durch mein kleines Leben trödeln konnte, kam mir vor wie eine Serie, die ich als Kind geliebt hatte. Und nun schaute mein neues Ich mal wieder rein und dachte so: Das waren noch Zeiten!

39 - MÖNCH AM MEER

Am Abend, die sichtbaren Spuren der Party waren beseitigt und die Ordnung in der Wohnung so gut wie wiederhergestellt, drehte ich die Musik laut, Snoop Doggs *Neva Left*, und sah ungeduldig aus dem Fenster, wo Henri blieb. Außerdem hätte Papa überraschend auftauchen können, nachdem er gestern zum wiederholten Mal in dieser Woche verschwunden war. Ich wusste nicht, ob ich mich ein Stück weit an sein überraschendes Kommen und Gehen gewöhnen könnte. Er benimmt sich wie das Aprilwetter, dachte ich, das macht, was es will. Da klingelte es an der Tür.

»Hi«, sagte ich, noch bevor die Tür vollständig offen war. Doch es war nicht Henri, sondern Tante Lisa. »Was machst du denn schon wieder hier?«

Tante Lisa streifte ihre Schuhe übertrieben gründlich am Abtretter ab. »Wolfgang«, sagte sie leise und sah dabei unbeirrt nach unten, »hatte einen Unfall.«

»Weiß ich doch längst«, sagte ich ungeduldig. Aber Tante Lisas Gesicht, das sie mir nun zuwandte, verriet, dass sie noch nicht fertig war mit dem, was sie sagen wollte. Sie sah nicht gut aus. Wie ein Häufchen Elend, dachte ich und fragte: »Noch einen Unfall?«

Ihre Augen sahen mich an und doch irgendwie an mir vorbei. Tante Lisa stand zwei Meter vor mir und begann zu weinen. Ich wusste nicht, wie ich mich verhalten sollte. Also zog ich sie in die Wohnung und strich über ihre Arme, hoch und runter, so macht man das doch, dachte ich. Und während wir da standen bei offener Tür und Tante Lisa zitterte und ich noch gar nicht genau wusste, weshalb sie Trost brauchte, dämmerte mir, dass etwas durch und durch Katastrophales geschehen sein musste. Es kam mir vor, als wäre eine kaum hörbare Bombe eingeschlagen und die Detonation hätte die gute Laune, die uns wie eine Duftwolke umhüllt hatte, restlos eliminiert.

»Ist er …?«, fragte ich vorsichtig.

Tante Lisa nickte fast unmerklich und atmete auf einmal ganz schwer.

»Mir ist schlecht«, sagte sie und ging in die Küche, »ich muss mich setzen.« Ich wollte ihr folgen, aber meine Beine gehorchten mir nicht und die nächsten Worte, die Tante Lisas Mund formte, hörte ich nicht. Als wäre mein Befinden an ihres geknüpft, wurde auch mir übel. Mein Magen krampfte, als hätte ich was Schlechtes gegessen. Der Korridor schien sich von den Rändern her aufzulösen. Alles um mich wurde hell und dunkel im Wechsel. Und am Ende dieses Chaos stellte sich ein weißes Rauschen ein, das meine Wahrnehmung lahmlegte wie ein Computervirus. Ich kann nicht sagen wie lange dieser Zustand anhielt und es blieb unklar, ob er zu einem späteren Zeitpunkt wieder die Herrschaft übernehmen würde, aber dann zog sich dieses Rauschen gnädigerweise zurück und ich fand mich auf einem Stuhl in der Küche wieder. Tante Lisa hatte inzwischen die Musik abgestellt.

»Was ist passiert?«, fragte ich.

Sie ignorierte die Frage und griff in ihre Jackentasche. »Okay, wenn ich rauche?«

Ich schüttelte den Kopf und wischte einen Krümel vom Tisch. Eine winzige Ecke meines Daumennagels der rechten Hand blieb an der Tischdecke hängen. Ich versuchte kurzen Prozess zu machen und die winzige Stelle abzubeißen. Aber sie riss ein und begann zu bluten. Ich hatte nicht einmal mehr die Kontrolle über meinen Daumen. Ich hatte nichts, gar nichts! Tante Lisa nahm ein Taschentuch und tupfte an meiner Hand herum. Ich sah sie an und sie sah mich an, dann umarmten wir uns und weinten. Sie hielt mein Gesicht lange in ihren Händen, bevor sie aufstand und zwei Tassen neben den Wasserkocher stellte. Während wir darauf warteten, dass das Wasser heiß wurde, sah sie aus dem Fenster.

»Die Polizei hat mich angerufen«, sagte sie mit ruhiger Stimme. »Wolfgang hat einen Stau verursacht auf einer zwei-spurigen Straße in der Nähe des Krankenhauses. Ist einfach im Zickzack auf der Fahrbahn gelaufen und hat die Autofahrer aufgefordert, auszusteigen. Irgendwann hatte ein Lkw-Fahrer genug davon und wollte auf dem Fußweg überholen. Wolfgang ist ihm direkt vor die Motorhaube gelaufen. Einfach direkt da-vor. Vor die Haube.« Sie drückte die Zigarette auf einer Unter-tasse aus und stemmte die Hände in die Seiten. »Der Aufprall war angeblich so heftig, Wolfgang sei durch die Luft gesegelt wie ein Papierflieger, hat der Polizist gesagt. Am liebsten hätte ich ihn geohrfeigt.«

Warum, dachte ich, warum war Henri nicht an der Tür ge-wesen? Dann könnten wir jetzt über Filme reden oder die nächste Party planen. Warum konnte nicht diese Version mei-nes Lebens weitergehen? Warum musste es die grauenvollste von allen sein? Ich wusste, ich sollte so nicht denken, aber es fühlte sich an, als hätte Papa sich aus dem Staub gemacht. Innerhalb kürzester Zeit verwandelte auch ich mich in ein Häuflein Elend.

»Wer bezahlt denn jetzt die Miete und alles?«, war meine erste Frage und ich schämte mich in Grund und Boden dafür. Tante Lisa setzte sich und streichelte meine Wange. Ihre Augenbrauen bewegten sich wild auf und ab. Sie hatte noch immer ihre Jacke an. Nach vorn gebeugt, als wäre sie um Jahre gealtert, bändigte sie schließlich ihre dünnen Augenbrauen, indem sie sie ineinander stürzen ließ. Über ihrer Nase thronte nun eine tiefe Falte. Ich hatte die Befürchtung ein weiteres Mal etwas Megapeinliches zu sagen, also sagte ich nichts. Tante Lisa stand auf und sah wieder aus dem Fenster, als wartete sie auf ein Zeichen von draußen.

Und wie sie da stand, den Rücken mir zugewandt, erinnerte ich mich an den Besuch in einem Museum in Greifswald im vergangenen Schuljahr, bei dem eine Gruppe Erwachsener sich lange vor einem bestimmten Bild drängelte und immer wieder näher ranging und über Details sprach. Ich war, wie die meisten in unserer Klasse, anfangs nicht begeistert gewesen, dass wir uns zweihundert Jahre alte Bilder anschauen sollten. Aber je länger ich darauf warten musste, mir dieses Bild ansehen zu können, desto neugieriger wurde ich und war regelrecht aufgeregt, als ich endlich den Vortritt bekam. Im ersten Moment fand ich das Bild wahnsinnig deprimierend. Was gab es da so ausführlich zu besprechen, wunderte ich mich. Das Bild hieß »Mönch am Meer« und tatsächlich war darauf nichts weiter zu sehen als ein Mann und das Meer. Das Meer in Form einer riesigen, dunklen Masse, die den Mann ganz schön verloren wirken ließ. Ich stand da wohl eine Weile mit offenem Mund und Stoffmüller zeigte mit dem Finger auf mich und lachte sein übliches »Ha-ha«. Aber das störte mich gar nicht wie sonst. Je länger ich es mir ansah und rätselte, was die Erwachsenen so bemerkenswert daran gefunden hatten, desto mehr Fragen hatte ich. Ich wollte tatsächlich über das Bild sprechen. Nur durfte ich das nicht mit einem Mitschüler machen, so viel war klar. Also sprach ich die Wittich an, die gerade vorbeikam. Aber immer, wenn ich ansetzte, wich sie aus. »Gemälde, heißt das«, sagte sie, »nicht Bild«. Dabei wollte ich doch über den Mann sprechen, der da stand wie der Letzte seiner Art, um ihn nur Weltuntergang. Aber immer hieß es Gemälde, nicht Bild. Dann musste die Wittich zum Glück weiter, weil Robert und Henri mit einem Museumswärter Fangen spielten. Jedenfalls, dieses einsame Gefühl von bestellt und nicht abgeholt, das von dem Mann auf dem Bild ausging – diese Mönchseinsamkeit mal unendlich, so fühlte ich mich an dem Tag, als ich von Papas Tod erfuhr. So was Gemeines wünsche ich niemandem, nicht mal dem DB-Mann, und dem wünsche ich ja mindestens die Pest an den Hals. Ich vermute, dieses Bild hat eine besondere Gabe. Es kann trösten, wenn man es nötig hat, und es kann einen runterholen, wenn man die Welt bunter sieht, als sie eigentlich ist. Der Maler hieß übrigens Caspar, obwohl ich nicht mehr weiß, ob das sein Vor- oder sein Nachname war.

Tante Lisa schob mir eine Teetasse zwischen die Hände. Ich trank einen Schluck, obwohl ich Kamille gar nicht mochte. Nachdem ich ausgetrunken hatte, stellte sie schon die nächste Tasse vor mich und kniff dabei die Augen zusammen, damit kein Rauch hineinkam von der Zigarette in ihrem Mund.

»Henri wollte vorbeikommen«, fiel mir ein.

»Wer?«, fragte sie, streckte ihren Arm aus und schnippte Zigarettenasche auf den kleinen Teller.

»Henri. Ich weiß nicht, was ich ihm sagen soll.«

»Soll ich das machen?« fragte Tante Lisa und zog endlich ihre Jacke aus.

»Lieber nicht«, sagte ich und schrieb Henri eine kurze Nachricht. »Komm nicht. Ernsthaft. Erklärung später.«

Während ich tippte, kaute ich an meinem mittlerweile viel zu kurzen Daumennagel. Dann saßen wir wieder lange still und schauten in unsere Tassen mit den traurigen Teebeuteln.

»Dein Vater hat mich früher gern geärgert«, sagte Tante Lisa schließlich und drückte die nächste Zigarette aus. »Als wir noch jung waren, brachte er jedes Mal, wenn ich vor dem Spiegel stand und mir die Haare kämmte, den gleichen Spruch. Er sagte dann, nach konventionellen Gesichtspunkten, er sagte wirklich konventionell, keine Ahnung, woher er dieses Wort hatte, nach konventionellen Gesichtspunkten bist du nicht schön, aber dein Gesicht hat was. Meine Güte, hat er mich genervt, mein Bruder.« Sie schaute in ihre Tasse, als wäre da etwas Interessantes drin. »Und als er mir sagte, dass er Vater wird, damals wusste er noch nicht, dass es ein Junge wird, also dass du es wirst, jedenfalls sagte er in seiner Wolfgangart, er hoffe das Baby werde genauso unkonventionell schön wie ich.« Sie schloss die Augen und schüttelte leicht den Kopf.

»Kann ich ihn sehen?«, fragte ich. »Geht das?«

»Ja, sicher«, sagte Tante Lisa. »Morgen, okay?«

»Ich möchte jetzt schlafen«, sagte ich. »Bleibst du hier?«

»Natürlich bleibe ich«, sagte sie.

40 - GRENZEN

»Alles für die Kunst!«, sagte Henri und machte eine Handbewegung, als wollte er etwas über seine Schulter werfen. »In zehn Jahren oder so wirst du mir dankbar sein.«

»Ich fasse nicht, dass wir das diskutieren müssen«, schrie ich und schloss den Kofferraum ein wenig zu schwungvoll.

»Geht das auch leiser?«, zischte Tante Lisa. »Kommt jetzt!«

»Sofort«, rief ich über den Parkplatz.

»Wir müssen das auch nicht diskutieren«, sagte Henri und trat näher, um den Kofferraum wieder zu öffnen. »Lass mich einfach machen.«

»Nein«, sagte ich und lehnte mich, die Arme verschränkt, gegen die Heckklappe. »Du wirst die Kamera heute nicht aufstellen.«

»Du wirst die Kamera nicht aufstellen«, äffte Henri mich nach. »Mann, nur von Weitem. Die Trauergemeinde steht am Grab, jemand wirft Erde auf den Sarg. Solche Sachen. Das ist eine einmalige Gelegenheit.«

»Such dir eine andere Beerdigung!«

Opa Martin stampfte mit seinem Gehstock auf. »Leo, wo bleibt ihr?«

Ich verriegelte das Auto und lief auf das offenstehende Friedhofstor zu. Henri folgte mir.

»Ich dachte, wir ziehen da an einem Strang«, sagte er. »Hallo, Martin.«

»Morgen wieder«, sagte ich. »Es gibt Grenzen.«

»Grenzen, Popenzen«, flüsterte Henri als wir den Eingang der Kapelle erreichten. »Die Freiheit der Kunst darf nicht eingeschränkt werden durch beschissene Grenzen!«

Ich wandte mich ihm zu und tippte mit dem Zeigefinger auf seine Brust. »Hör zu! Ich will, dass du dabei bist. Ist mir wichtig. Aber ohne Kamera. Ohne Theater.«

Henri atmete hörbar ein und aus. »Ich weiß nicht, ob ich das kann. Ob ich so unbewaffnet da reingehen kann, verstehst du?«

»Alter, mein Dad wird gleich beerdigt!«, schrie ich so leise wie möglich. Meine Hände zitterten. »Du hast hier Verständnis aufzubringen, nicht ich.«

»Fuck.«

»Ja, fuck.«

Ich ließ Henri stehen und ging in die Kapelle zu Tante Lisa und den anderen. Ich setzte mich in die erste Reihe und sah stur geradeaus. Am Ende der Trauerrede drehte ich einmal zögernd den Kopf und sah mich um. Henri war nirgends zu sehen. War das sein Ernst? Hatte er sich original abgeseilt, nur weil ich mich gegen seine bescheuerten Filmaufnahmen gewehrt hatte? Ich wollte doch nur, dass er neben mir saß und die Klappe hielt. Und nicht nach der besten Perspektive suchte und versehentlich noch »Action!« quer über die Gräber rief. Ich war so wütend, ich konnte gar nicht weinen.

Auch an der Grabstelle kamen keine Tränen. Tagelang hatte ich geweint, aber in diesen seltsamen Stunden mit all den traurigen Gesichtern neben den bunten Gestecken waren meine

Augen wie ausgetrocknet. Ich arrangierte mich mit den Gegebenheiten. Ich stand, wenn alle stehen blieben. Ich lief mit, wenn alle bedächtig über die Kieswege schritten. Schüttelte Hände, nickte und sagte einfach kein Wort zu irgendjemandem. Und es war okay für alle.

Auf dem Rückweg von der Grabstelle zur Friedhofskapelle, sah ich einen Hund. Grauschwarzes, struppiges Fell. Ich blieb stehen und beobachtete, wie er sich vorsichtig zwischen den Grabsteinen bewegte, um nicht auf die Blumen zu treten. Rocco kam und legte mir eine Hand auf die Schulter.

»Brauchst du einen Moment?«, fragte er und ich nickte. Er machte Handbewegungen, damit die anderen weitergingen.

»Aber …«, sagte Tante Lisa.

»Lass ihn kurz«, sagte Rocco.

Ich verließ den Weg und lief auf den Hund zu. Als er mich bemerkte, wedelte er mit dem Schwanz. Ich streichelte sein drahtiges Fell. »Was machst du hier?«, fragte ich. »Liegt hier jemand, den du kennst?« In einem Film hatte ich gesehen, wie Hunde trauern. Ein Hund saß Wochen, ach, was sag ich, monatelang an Herrchens Grab. Er wollte nirgendwo anders sein und sich keinem anderen Menschen anvertrauen. Aus Filmen lernt man auch, wie Erwachsene trauern. Sie betrinken sich, sie reisen um die Welt, kündigen ihren Job. Oder kaufen teure Autos. Aber Teenager? Wie trauern Teenager? Mit 50 Euro Taschengeld im Monat kann ich weder verreisen, noch mich mit Luxusdingen ablenken. Und einen Job zum Kündigen oder einen Chef zum Anschreien gibt es auch nicht. »Wie soll ich das schaffen?«, fragte ich den Hund, der an meiner Hand schnüffelte. »Nachts wird es richtig schlimm, wenn es dunkel ist und die Gedanken Auslauf haben. Apropos Auslauf, hast du ein

Zuhause? Es wird bald dunkel. Wir sind mitten in der blauen Stunde. Ach, du weißt wahrscheinlich nicht, wie blau aussieht, geschweige denn, was eine Stunde ist.« Ich tätschelte den grau-schwarzen Hundekopf und lief zu Rocco, der am Kiesweg auf mich gewartet hatte.

41 - SIEBENECK DES ARCHIMEDES

Meine Arme hingen herab wie lahme Flügel. Als wären wir zu nah an die Sonne geflogen und Papa war abgestürzt. Die Beine, nicht weniger träge, standen bis zu den Knien in Treibsand. Keine Lust traf es nicht annähernd. Mein Lustbarometer den ersten Karton anzuheben und nach unten tragen, befand sich im Minusbereich. Die Wohnung auszuräumen fühlte sich an, als verwischten wir die letzten Spuren von Papas und meinem alten Leben für immer. Nachdem Tante Lisa im Türrahmen aufgetaucht und augenzwinkernd vorgeschlagen hatte, einfach alles aus dem Fenster zu werfen, ging es irgendwie. In einem seltsam teilnahmslosen Zustand trug ich den Karton die Treppe hinunter, stellte ihn auf die Ladefläche des Lkws und sah die Straße entlang.

»Hey, Träumer«, rief Rocco aus dem Inneren des Lkws. »Weiter geht's.«

Eine Umzugsfirma konnten wir uns nicht leisten, deshalb hatte Tante Lisa Rocco gefragt und er hatte zwei Freunde mitgebracht. Oma Reni und Opa Martin waren auch gekommen, extra aus Berlin. Aber die waren keine große Hilfe, sagte Tante Lisa, im Gegenteil, sie standen immer im Weg, stellten zu viele Fragen und nörgelten am Essen herum.

In der vergangenen Woche hatte ich die Habseligkeiten aus

meinem Zimmer in Kartons gepackt und auf jeden mit Edding ein dickes L gemalt, um meine Sachen zu markieren. Die gesamte Wohnung sollte leer sein am Ende des Tages. Papas Möbel würden irgendwo eingelagert werden, bis ich volljährig war. Dann dürfte ich entscheiden, was ich davon behielt. Meine Klamotten, die Schulbücher und alles andere kam an diesem Tag in mein neues Zimmer in Tante Lisas Wohnung. Darunter auch eine Art Abschiedsbrief von Papa, den die Polizei nach dem Unfall bei ihm gefunden hatte. Ich habe den Brief bestimmt fünfzigmal gelesen, bin aber nicht schlau daraus geworden. Darin schreibt Papa von einer Reise durch seinen Kopf. Er nennt es sein inneres Territorium, dessen Landkarte dem Siebeneck des Archimedes nachempfunden sei. Außerdem schreibt er von Inkognito-Identitäten, die er anzunehmen gezwungen werde, um sich halbwegs frei bewegen zu können. Alles in allem ganz schön wirres Zeug. Es wirkt wie das Zeugnis eines Nervenzusammenbruchs. Ich bewahre den Brief auf und will ihn jedes Jahr an Papas Todestag lesen. Vielleicht verstehe ich irgendwann etwas davon. Womöglich hat der Unfall einige demütigende Momente für Papa verhindert, denke ich manchmal. Und manchmal schäme ich mich, dass ich seine letzten Worte nicht verstehe.

Nachdem ich schlecht gelaunt den vierten von zwanzig Kartons nach unten getragen hatte und wieder ins Haus gehen wollte, stand ein großer Mann im Weg. Aber anstatt zur Seite zu gehen, fragte er, ob er helfen könnte.

»Onkel Falco«, sagte ich und klatschte in die Hände. »Was machst du denn hier?«

»Ich habe gehört, später soll es Kartoffelsalat und Würstchen geben«, sagte er und lachte laut.

»Wir brauchen doch jede Hilfe, die wir kriegen können«, sagte Henri und trat hinter Onkel Falco hervor. »Sorry wegen, du weißt schon. Der Beerdigung.«

Ich nickte und sagte: »Wo hast du die Kamera diesmal aufgestellt?«

»Eine im Treppenhaus und eine auf dem Dach gegenüber«, sagte Henri und rieb die Hände aneinander, als wäre ihm kalt. »Lasst uns ein paar Möbel zerlegen.«

Bevor ich richtig verstanden hatte, war Henri nach oben gerannt und Onkel Falco hiefte sich in den Lkw und stellte zusammen mit Rocco eine Kommode hochkant.

Im Treppenhaus kam mir Henri mit zwei großen blauen Säcken entgegen und als ich dann nach unten kam, traute ich meinen Ohren nicht. Geräusche wie auf dem Schulhof.

»Ich hoffe, es ist okay«, sagte Henri, »dass ich allen Bescheid gegeben habe. Wir wollten irgendwas Nützliches tun.«

Alle waren gekommen! Maja, Alma, Stoffmüller, Tino und Felix. Sogar Micha. Sie klopften mir auf die Schultern, Maja und Alma umarmten mich. Ich war sprachlos. Ganz hinten entdeckte ich die Wittich, die mir zu lange die Hand schüttelte und mich ansah, als wäre ich ein Geist.

Wenige Minuten später hatten wir eine Menschenkette gebildet und Kartons und Bilderrahmen, Stühle und Teppiche wanderten mühelos aus dem zweiten Obergeschoss auf die Straße und in den Lkw. Stoffmüller rollte den Bettvorleger und rauchte ihn wie eine überdimensionierte Zigarette. Maja und Alma machten Selfies zwischen zwei Spiegeln, so dass sie aussahen wie hundertfach vervielfältigt. Noch vor dem Mittagessen waren die gesamte Wohnung und der Keller leer. Der Lkw war vollgestopft wie ein Tetris-Spiel kurz vor Game Over.

Die meisten kamen noch mit und halfen mein neues Zimmer in Tante Lisas Wohnung einzurichten. Nachdem wir fertig waren, saßen alle im Wohnzimmer bei Pizza und Cola, und ich dachte, das Leben ist absolut unbegreiflich. Eben noch ein hochgradig kompliziertes Siebeneck und im nächsten Moment schön und weich wie ein Eins-A Kopfkissen.

42 - SPORTUNTERRICHT

Vier Wochen später ging ich das erste Mal wieder zur Schule. Genau genommen fuhr ich, denn von meinem neuen Zuhause bei Tante Lisa musste ich tatsächlich acht Stationen mit der Straßenbahn fahren. Ich war zu früh, lehnte an einer der Tischtennisplatten und wartete auf das Klingeln zur ersten Stunde. Der Himmel war ein einziges Blau. Unten, knapp über den Hausdächern, hellblau, direkt über mir so dunkelblau, wie ich mir den Ozean vorstelle. Mittendrin eine schmale Mondsichel. Henri war nirgends zu sehen. Ich wusste nicht, wo er steckte. Seit Tagen ging er nicht ans Telefon. Ich sah mich auf dem Schulhof um, als wäre ich Jahre nicht hier gewesen. Dieses Gefühl kannte ich eigentlich nur vom Ende der Sommerferien.

Drei Fünftklässler übten Weitspucken, die Älteren standen in Gruppen vor dem Eingangstor und rauchten. Auf der Straße hielt ein Auto, aus dem Maja stieg. Sie winkte dem wegfahrenden Wagen und lief geradewegs auf mich zu. Bevor ich nervös werden konnte, begann sie zu reden.

»Leo, da bist du ja! Wie schön, dass du wieder da bist. Hast du für Mathe gelernt?«

Ich schüttelte den Kopf.

»Konntest du überhaupt an Schule und so einen Scheiß denken?«, fragte Maja.

»Doch«, sagte ich. »Ich wollte sogar eher wiederkommen, aber die Ärztin weigerte sich. Letzte Woche hab ich gesagt, dass ich euch vermisse, und da meinte Frau Wendelberger: ›Wenn das so ist …‹.«

Ich bemerkte, dass Majas Haare zu einem Kunstwerk drapiert waren, wie ich es noch nie bei einem Mädchen gesehen hatte. Ihr Haar war zu Zöpfen geflochten, die hochgesteckt zwei Kringel an ihrem Hinterkopf bildeten. Eine lange Strähne hatte sie sich hinters Ohr gelegt. Los, sag was.

»Sieht super aus«, stammelte ich und nickte in Richtung Frisur.

»Merci«, sagte sie und wackelte mit dem Kopf. »Hab ich mir bei den Französinnen abgeguckt.«

Sie erzählte von ihren Eltern, die am Wochenende Petersilienhochzeit gefeiert hatten. Aus diesem Anlass würde die ganze Familie diesen Sommer ins Disneyland nach Paris fahren. Alma würde auch mitfahren, ihre Eltern hätten es erlaubt. Ob ich mitbekommen hätte, dass Alma auf der Party ihren Freund abserviert hatte? Nicht, weil sie Ben nicht mehr liebe oder so, sondern weil Alma nach England gehen will nach der Schule. Als Au-Pair. Und ihr Freund, also ihr Ex, habe gesagt, das solle sie sich aus dem Kopf schlagen, da hätte er ja wohl ein Wörtchen mitzureden, und da sei der Zeitpunkt da gewesen, dem Chauvi den Laufpass zu geben. »Der hat sie doch nicht mehr alle«, sagte sie und schüttelte verständnislos den Kopf.

Ich fragte, was ein Chauvi sei, und Maja lachte, als hätte ich einen Witz gemacht. Sie sei auch keine Freundin von Fernbeziehungen. Und ins Ausland wolle sie auch nicht, wegen ihrer Schwester. Trotzdem überlege sie Europawissenschaften zu studieren. Und da dachte ich, das ist bestimmt ein Scherz. Was soll das denn sein, Europawissenschaft? In die USA würde sie jedenfalls nie reisen wegen der idiotischen Waffengesetze. Sie redete weiter und ich sah auf ihren Mund. Wie die Worte da so mühelos formuliert wurden. Ich switchte auf ihre Fingerspitzen, die aus der blassrosa Strickjacke lugten, und ich war froh und neidisch zugleich. Froh darüber, dass sie mir aus ihrem Leben erzählte und ich mich nicht vollständig wie ein Trottel aufführte oder in Ohnmacht fiel. Neidisch war ich auf ihre Pläne. Ich konnte mich glücklich schätzen, wenn ich morgen und übermorgen einigermaßen zu fassen bekam. Das ging mir durch den Kopf, während das schönste Mädchen der Welt neben mir seine Zukunft ausbreitete.

»Und was machst du im Sommer?«, fragte sie.

»Ich weiß nicht«, sagte ich. »Lesen?«

Diesmal lachte Maja, als hätte ich einen Witz gemacht, und dabei strich sie über meinen Unterarm. Mit dieser Berührung ging ein Bruchteil ihrer Energie auf mich über und ich erzählte von meinem neuen Zimmer in meinem neuen Zuhause.

»Tante Lisa gibt sich echt alle Mühe und Polli schläft immer in meinem Bett«, sagte ich. »Wenn Henri sich endlich mal meldet, will ich mit ihm über eine neue Filmidee reden. Das soll aber kein Essayfilm werden, sondern eher nah am echten Leben.«

Maja hörte aufmerksam zu und am Ende sagte sie, sie wolle auch diesen Film unbedingt sehen und überhaupt sei das eine wunderbare Idee. Und weil ich so begeistert war von unserem Zusammenstehen und Reden, strahlte ich sie unverhohlen an – und sie strahlte zurück. Als die anderen aus unserer Klasse kamen, liefen wir zu Alma. Maja hakte sich bei ihr und mir unter. Wir gingen Richtung Turnhalle, wo die Wittich auf uns wartete, denn – das muss man sich mal vorstellen – wir hatten tatsächlich montags in der ersten Stunde Sport.

Der Gewinner des Peter-Härtling-Preises 2023

David Blum

Kollektorgang

Roman
Ab 14 Jahre
Gebunden, 128 Seiten (75734)
E-Book (75735)

Mario wurde nicht einmal 14 Jahre alt. Wieso, das erzählt er von seinem Grab aus: Wie zwei Gruppen sich in unterirdischen Katakomben ihr eigenes Reich bauen, um das sie kämpfen bis zum Tod, von Freundschaft und einem phänomenalen Boxkampf zwischen seinem besten Freund Rajko und einer Gang Neonazis.

Mit viel schwarzem Humor, aber auch voller Hoffnung und Liebe berichtet Mario von Gewalt, Außenseitertum und dem trostlosen Dasein zwischen Plattenbauten, wo Eltern genau so abwesend sind wie eine Zukunft. Dieser wortgewaltige Roman entfaltet einen unheimeligen Sog, dem man so nur selten begegnet – vielleicht sogar nie. Genau wie den Erwachsenen im Plattenbau.

www.beltz.de